14
Author
進行諸島
Illustration
風花風花
転生賢者の異世界ライフ
～第二の職業を得て、世界最強になりました～

歓迎するぞ、新たなる同志よ
奇妙な祭壇の部屋へ辿り着いたユージ。
そこへクレドと名乗る男が現われ、ユージを
エトワスの同志として歓迎し『研究機関』へ誘う。

君が滅ぼそうと望むものを、
――ともに滅ぼそうじゃないか

黒い液体から際限なく生み出された魔物たちは
絶えず同士討ちを続け、より強い魔物へと
進化し続けていた

ついに最後の1体となった巨大な魔物は、
『黒き破滅の竜』へと変貌してしまう――!!

魔法転送――
『破空の神雷』に耐える『黒き破滅の竜』が
呪いの集合体であると勘付いたユージは、
『研究機関』で得た新魔法を発動する!!

神域の聖火!!

Tensei Kenja
no Isekai life

contents

転生賢者の異世界ライフ
～第二の職業を得て、世界最強になりました～

転生賢者の異世界ライフ

～第二の職業を得て、世界最強になりました～

14

Author
進行諸島
Illustration
風花風花

Tensei Kenja
no Isekai life

第一章

chapter 01

Tensei Kenja no Isekai life

祭壇《さいだん》の周囲は、とても静かだった。

あたりに人の気配はないが……ここは本当に『研究所』と関係がある場所なのだろうか？

俺《おれ》が部屋に入ると、背後で扉が消えてしまった。

このあたりは、本に書いてあったとおりだな。

部屋から出る時は、もう一度『殲滅《せんめつ》者の扉』を発動すれば、元の場所に出る扉が現れる……と本には書いてあった。

ちなみに『殲滅者の扉』をくぐれるのは、発動した本人だけのようだ。

他の人が作った扉を開けるなら、ここを中継地点にして瞬間移動みたいな真似《まね》ができるのだが……そううまくはいかないようだな。

などと考えつつ俺は、あたりを見回す。

『スライム、周りに人はいそうか？』

『わかんない～！』

『でも、美味《おい》しそうなにおい～！』

そう言ってスライムたちが指したのは、部屋の隅だ。
よく見ると、そこには人が1人通れるくらいの、小さな扉がついていた。
古ぼけた金属の扉に『美味しそうな匂《にお》い』とは不釣り合いな言葉だが……俺は何も感じない。

『どんな匂いだ？』

『うーん……お肉を焼いてる感じ？』

『たぶん、鳥のお肉だと思う～！』

肉か。

スライムが食べ物の匂いを間違えるとは考えにくいので、確かな情報だと考えてよさそうだな。

だとすると……ここの扉の先には人がいる可能性が高い。


この場所は、『研究所』の連中やマデラが言っていた『エトワスの書』に書いてあった魔法によってたどり着いた場所だ。

彼らが言っていたことが正しいとすれば、ここは『研究所』の本拠地かもしれない。

そう考えると、全《すべ》ての部屋に『極滅の業火』を打ち込んで回るのも選択肢に入ってくるだろう。


だが……状況があまり分からないうちに全てを焼き払ってしまうのは、あまり得策とは言えないだろう。

ここが本当に本部であれば悪くないが、ここが本部ではなく、代わりに本部の場所に関するヒントが置かれていたような場合……焼き払ってしまっては、そのヒントも失われてしまうというわけだ。


さらには、全く無関係の人を焼き払ってしまう可能性すらある。

今までにエトワスの書が『研究所』に関係していると言っていた連中は、いずれも『研究所』の関係者だ。

だが、彼らが嘘《うそ》をついていないという証拠はどこにもない。

下手をすると、『研究所』に敵対する組織がいる場所をわざと教え、俺にけしかけたという可能性すらゼロとは言えないのだ。

そう考えると、まずは攻撃魔法なしで情報を集めたいところだな。

もちろん、危険だと判断すればすぐにでも魔法を撃ち込むのだが。

『ゆーじー、入っていい～？』

『食べに行く～！』

『……肉なら後で用意するから、食べるのはやめてくれ。……気付かれないように様子を見られるか？』

『だいじょぶ～！』

そう言ってスライムたちは扉に張り付くと、そのまま壁の隙間《すきま》をすり抜けて奥へと入っていった。

水密扉でなければ、スライムたちの侵入は防げないのだ。

扉を開けると音が出てしまうので、俺はここで待機だな。

そう考えながら、『感覚共有』を使ってスライムの視界を借りると……目の前に人がいるのが分かった。

年老いた、ひょろりと背の高い男だ。

彼はこちらに……つまり、俺がいる扉のほうに向かって歩いてくる。


『ゆーじー、人がいるよー！』

『どうする～？』


スライムだけならともかく、俺はあまり隠れるのが得意ではない。

祭壇の陰にでも隠れるという手はあるが……このピンポイントなタイミングでこちらに向かってきたことからして、ここに人が入ったことには気付かれている可能性も高いだろう。

『研究所』の関係者の可能性もあるが……いきなり魔法を撃ち込むのは、流石《さすが》に気が引けるな。

人違いだったら、ただの通り魔事件になってしまうし。

まずは普通に話しかけてみて、その結果によって対応を決めたほうがいいだろう。

『……気付かれないように、包囲を維持してくれ』

『わかった～！』

スライムたちが配置につくのを確認しながら、俺は魔法転送の準備をする。

いざとなれば、すぐにでも防御魔法を発動できる構えだ。

そんな中、男が扉を開けた。

俺と目が合うと、男はにこやかな笑みを浮かべる。

「歓迎するぞ、新たなる同志よ」

「……同志？」

「ああ。私はクレド。君が滅ぼそうと望むものを、ともに滅ぼそうじゃないか」
滅ぼそうと望むもの……？
彼が言っているのは、エトワスの書を開いた時に思い浮かべたもののことだろうか。
だとしたら、俺はすでにそれを滅ぼし終わったことになる。
とりあえず仲間だと認識されているようなので、一旦《いったん》は普通に話してみるか。
彼が『研究所』の人間だとしたら、むしろ色々と情報が手に入るかもしれない。
そう考えつつ俺は、スライムたちに指示を出す。
『スライム、この部屋に50匹だけ残って、残り全員で他の部屋を調べてくれ』
『分かった～！』
『りょうかい～！』
これで時間を稼げば稼ぐほど、この場所の実態が分かっていくというわけだ。

その結果によって、この男……クレドにどう対応するべきかも分かるかもしれないしな。

「滅ぼそうと望むものって……魔法書を開いた時のやつか？」

「ああ。君も何かを望んだからこそ、ここにいるのだろう？　何を滅ぼすことを望んだ？」

……俺はエトワスの書について、あまり詳しくない。

嘘を突き通そうとすれば、どこかで矛盾が起きてバレる可能性が高いだろう。

ここは一旦、正直に答えておいたほうがよさそうだな。

幸い、俺と同じ世界から転生してきた人間でもない限り、『ブラック企業を滅ぼす』などと言っても何のことか分からないだろうし。

「ブラック企業だ」

「ブラックキギョウ……？　何だそれは？　秘密結社か何かか？」

「……いや、表向きは普通の商会みたいな感じだな。だが内部が腐っていて、従業員は不眠不体で働かせられたりするんだ。俺は昔そこにいた」

「なるほど、確かに滅ぼす価値がありそうなものだ。……よければ手を貸そうか？」

なんだか友好的だな。

俺が滅ぼしたいブラック企業はこの世界のものではないため、俺はもう条件を達成した扱いになっている。

だが……手を貸すとしたら、方法は気になるところだ。

「手を貸すって、どうするつもりだ？」

「そうだな……そのブラックキギョウには、何人の人間がいる？」

「確か、１００人くらいだった気がするな」

本当はもっと多いのだが、ここは嘘をついておいてもいいだろう。

この世界で１０００人規模の組織というと、かなりの大組織だということになってしまうだろうしな。

そうなると、深掘りされた時に面倒だ。

「100人？　そんなに少ないなら、エトワスの書を読む以前に滅ぼし終わっていそうなものだが……殺すのが難しい相手なのか？　こんなに小規模な望みは初めて見たな」

「いや、殺すのは難しい。だから、できれば殺す以外の方法がいいな」

これは本当だ。

ブラック企業の人間を殺そうとすれば、まず元の世界に戻る必要があるし、警察だっている。

そもそも、ブラック企業の社員のほとんどは被害者なのだから、別に皆殺しにしたいわけではないのだ。

加害者側の人間だったとしても、死んで償うべき人間など……少ししかいないし。

「そうか……では、姿を変えてもらうというのはどうだ？」

そう言ってクレドは、ポケットに手を入れた。

俺は細心の注意を払いながら、その様子を見守る。

もし武器などを取り出したら、すぐさま魔法転送をする必要がある。

しかし、クレドが取り出したものは違った。

赤っぽい粉が入った、小さな瓶《びん》だ。

「……それは、人の姿を変える粉か何かか？」

「違うな。その逆だ」

「……逆ってことは……」

「要するに、人間が姿を変えたものだ。我々はこれを『叡智の粉』と呼んでいる。『試料』などと呼ぶこともあるな」

叡智の粉……初めて聞く名前だな。

だが、『試料』なら何度も聞いたことがある。

『研究所』の連中が、死んだ……というか殺した人間を材料に作り、レリオールの蘇生などに使ったものがそれだ。

以前に『研究所』の中を見た時に使われていた『試料』は白かったような気がするが……赤いものもあるのだろうか。

「それって、殺して作るものじゃないのか？」

「おお、『叡智の粉』を知っていたか。流石はここにたどり着くだけのことはあるな！」

俺の言葉を聞いて、クレドは嬉《うれ》しそうな顔をした。

知らないふりをする手もあったが、エトワスの書にたどり着いている時点で、そのくらいの知識はあったほうが自然だろう。

『研究所』の人間なら、『試料』と聞いて何も反応しないほうがおかしいしな。

そう考えて答えたのだが、とりあえず正解だったみたいだな。

いい感じに情報が引き出せるといいのだが。

「君は叡智の粉の作り方を知っているのかね？」

「いや、死んだ人間から作るということしか知らない」

この質問をするということは、クレドはすでに俺が『研究所』の人間ではないことに気付きながら話を続けている可能性も高いな。

『研究所』の人間であれば、作り方は知っている可能性も高いし。

全員が知っているとは限らないので、確実にとは言えないのだが。

しかし、クレドが俺を『同志』と呼んだ直後に振ったのは、『エトワスの書』の制約で滅ぼす必要があるものについての話だ。

もしかしたら、エトワスの書を読んだ時点で、研究所とは関係なく『同志』ということなのかもしれない。

まあ、あんな危険な集団に『同志』と呼ばれるのはむしろ不名誉な気もするが……仮にそうだとしたら、情報を引き出すという意味では有利かもしれないな。

「ふむ……残念ながら、その部分も正解とは言えないな。叡智の粉は、生きたままの人間からでも作れるよ。……純度を上げるために、思考能力を破壊する必要があるがね」

思考能力を破壊……また物騒な話になったな。

まあ、『試料』の話が出ている時点で、彼が『研究所』の人間だということは分かっていたので、物騒なのは今更なのだが。

今すぐに火球か何かを打ち込んでもいいところなのだが、まだ『研究所』の本部の場所が掴《つか》めていない。

ここが本部だとしたら、もっと沢山の人がいてもいいはずだ。

だが今のところ、スライムたちは他の人間を見つけていない。

つまり、ここは本部ではない可能性も高いというわけだ。

少なくとも本部の入り口を見つけられるまでは味方のふりをして、情報を引き出すべきだろう。

まあ、その前に俺が敵だとバレてしまう可能性や、すでに気付いた上で泳がされているという可能性もあるのだが。

「思考能力を奪うって……どうやるんだ？」

「薬でも、拷問でも何でもいい。人間としての意思が消え去るところまで思考能力を破壊すれば、人間の肉体は魂による支配を離れる。……そうなった人間であれば、簡単な儀式魔法だけで生きたまま『叡智の粉』に変換できる。彼らは『叡智の粉』として、永遠に生き続けるのだ」

「……なるほど、だから殺さないでも組織を破壊できるってわけか」

「そういうことだ。……ちなみに生きた人間から作った『叡智の粉』はこのようにきれいな赤い色をしていてね……昔はこれを作るために、色々と苦労したものだ」

「赤い粉と白い粉で、性能が違ったりするのか？」

「『赤い叡智の粉』のほうが扱いやすいのだよ。こんな形をしていても、人間としての本能が残っているから、痛めつければ反応が分かりやすいんだ。……今は『白い叡智の粉』を使いこなす技術が発展したから、わざわざ生きた人間を確保して『赤い叡智の粉』を作ることも少なくなったが……君が望むなら、久しぶりに作ってみよう」

……聞くだけで気分が悪くなってくるような話だな。

もしかしたらレイスがいた研究所も、この『赤い叡智の粉』に関《かか》わっていたのかもしれない。

そう考えれば、使われなくなった拷問器具があったのも説明がつくしな。


しかし、それ以前に聞くべきことがある。

この話の流れなら、当然聞くべき……聞かないほうが不自然なほどの疑問だ。

「どうして、そこまでしてくれるんだ？」

「何故《なぜ》って……『エトワスの書』を読んで呪《のろ》いを受けた者同士が仲間なのは、当然のことだろう？」

「……そうなのか？」

「ああ。君も感じるだろう？　魔導書に囚《とら》われた者同士が惹《ひ》かれ合うのは、ある種の本能のようなものだからな」

……クレドは、さも当然と言わんばかりの顔でそう告げる。

どうやら彼にとって、エトワスの書を読んだ者同士が味方だというのは当然のことのようだ。

いきなり『同志』と話しかけてきたあたり、最初からそうだったのかもしれない。

などと考えていると、クレドが思いついたように訪ねた。


「もしかして君は、自分が『研究機関』の者ではないことを気にしているのか？」

「……気付いていたのか？」

「当然だ。『研究機関』の人間であれば、そのブラックキギョウとかいう連中を殺すことを躊躇するわけがないからな。私の予想だと……むしろ『研究機関』の敵として、エトワスの書を探し当てたんじゃないか？」


どうやら、バレていたようだ。

どう答えるべきだろうか。

いっそ魔法でも打ち込んで、口を封じるべきか……？

そう考えていると、クレドが口を開いた。

「君は『研究機関』の人間だ。研究機関に味方しているし、研究機関に害を及ぼしてほしくない」

何やら宣言を始めたぞ。

一体何の意味があるのだろうか。

魔法などが発動している様子はなさそうだが……。

「これで、君は研究機関に危害を加えられない。たとえ元々は敵だったとしても、気にはしないさ」

「……そうなのか？」

「エトワスの書による縛りだ。魔導書に囚われた者同士は敵対できない。……だからこそ、我々はこの場所を使っているのだからな」

なるほど、エトワスの書による精神汚染には、そういう効果もあるのか。

すでに精神汚染は解けてしまっているので、彼の言葉が本当かは判断できないが……少なくともクレドは俺が敵であったことを知りながらも、敵対的な行動を見せていないのは確かだ。

とりあえず、話を合わせておくか。

「なるほど……確かに敵対する気は起きないな」

「そうだろう？　私も初めは戸惑ったものだが、そういうものなのだよ。だからこそエトワスの書を呼んだ『同志』は、何よりも信用できる」

確かに、もし精神汚染が本当にそういった効果を持つなら、何よりも強力な守りだと言えるかもしれない。

しかし……俺はすでにエトワスの書による精神汚染が解けている。

だから彼を相手に嘘もつけるし、裏切ることだってできる。

これはもしや、情報を引き出すという意味では最高の状況なのではないだろうか。

となると、俺の精神汚染が解けているという情報はしっかり隠す必要があるな。

つまり、ブラック企業を滅ぼすという話を後回しにすればいいわけだ。

「……ブラック企業を滅ぼすのに協力してくれるのも、それが理由か？」

「ああ。エトワスの書を読めるだけの力を持ち、かつ絶対の信用がおける人間……友好関係を築いておきたいというのは当然だろう？」

「確かにそうだな。……だが残念ながら、ブラック企業は今、どこにあるかも分からないんだ。連中は普通の商会のふりをするのが上手《うま》くて、外からは実態が分かりにくい」

半分は本当だ。

本物のブラック企業も、普通の企業……この世界でいう商会のふりをしている。

ブラック企業の求人票に書いてあるのは『アットホームな職場です』とかの文言であって、『うちはブラック企業です』などと書かれていることはない。

まあ、『寝泊まりする場所』という意味では職場が『ホーム』になるというのは半分事実だが、そういうのをアットホームとは呼ばないだろう。

嘘をつく時には、適度に事実を混ぜるのがコツらしいからな。

本当のことも混ぜておいたというわけだ。

「……なるほど、探し出すのが難しいタイプか。まあ、人数を聞いた時から予想はしていたがね」

「人数と関係があるのか？」

「書が提示する殲滅対象は、読者が深く憎む相手だけだ。そしてエトワスの書は、ただ読むだけでも極めて高い魔法的能力を要求される。……簡単に滅ぼせるようなものが相手であれば、書を読む前に滅ぼし終わっているはずなのだよ。相手が一般人１００人程度であれば、書を読む前の君でも簡単に滅ぼせるはずだ。まだ滅ぼせていないということは、滅ぼせない事情があるのだろう」

どうやら納得してもらえたみたいだな。

これで俺は信用がおける相手として、情報を引き出し放題だというわけだ。

そう話を続けながら、俺は偵察に送ったスライムたちの様子を見る。

スライムたちによる施設調査も、そろそろ終わりのようだ。

『行き止まりだった～！』

『こっちも、行き止まり～！』

スライムたちは次々に、行き止まりを報告し始めていた。
どうやらここにいる人間は、クレドだけのようだ。
となると、『研究機関』本部の場所は別にあるのだろう。

『お肉見つけた～！』

『焦《こ》げちゃうから、食べていい～⁉』

どうやらクレドは肉を焼いている途中で俺の来訪に気付き、祭壇の部屋にやってきたようだな。
焦がしてしまうくらいならスライムたちに食べてもらったほうがいいような気もするが、スライムによる偵察を『研究機関』の人間に知られるわけにはいかない。
中にある物には手を付けないほうがいいだろう。

『食べるのはダメだ。後で5倍の量の肉を用意するから、それは置いておいてくれ』

『わかった～！』

奮発しただけあって、スライムたちはあっさり納得してくれたようだ。

まあ、必要経費といったところだろう。

「ちなみに聞きたいんだが、クレドは何を滅ぼすつもりなんだ？　もしかしたら協力できるかもしれない」

「おお、ありがたい提案だな。……協力してくれるのかね？」

「何を滅ぼすつもりかによるな」

いい感じに話が進んでいる。

ここが『研究機関』本部ではない以上、できれば本部の場所を教えてもらいたいところだ。

話している感じだと、クレドは普通に会話が通じる人間でもある。

彼が滅ぼす対象が真竜などだったりしたら、共闘ができるような可能性もゼロではない。

まあ、『研究機関』が使う手段を考えると、その可能性はゼロに近そうだが。

などと考えていたのだが……。


「僕が『エトワスの書』に破滅を誓ったものは、世界だよ。正確に言えば、世界の人間全てだね」

「……それは、なんというか……壮大だな」

「だろう？　もちろん世界の人間を全て滅ぼせば、ブラックキギョウとやらの人間も全滅することになる……つまり君の目的も達成されるんだ。素晴らしいと思わないか？」


クレドはさも当然のように、そう告げた。

……普通に話せる人間かと思ったが、やはり『研究機関』の人間という感じだな。

むしろ今まで見た連中のほうが、ずっとまともだったかもしれない。

彼らは殺しを『面倒な作業』くらいにしか思っていない感じだったが、わざわざ世界全体を滅ぼそうなどとは思っていなかっただろうし。

「滅ぼす対象には、俺やクレドや、『研究機関』の人間も含まれるのか?」

「『研究機関』の人たちは殺すよ。でもエトワスの書は、自殺や同志打ちを禁じている。だから書の呪いを受けた者は、現実的に殺せない。……本当は自分以外の全員を殺したいけどね」

本当は殺したいのか……。

敵であるはずの俺に対して最初から友好的だったのは、この思考の裏返しだったのかもしれない。

敵も味方も最終的には全て殺すつもりだから、敵であろうと差別する必要はないというわけだ。

『救済《きゅうさい》の蒼月《そうげつ》』とはまた違った感じの壊れ方だが、人間として壊れていることに変わりはなさそうだな。

「どうして世界を滅ぼそうと思ったんだ?」

「俺の研究成果を認めようとしない世界に、嫌気が差していてね。……だから、一度リセットしたいんだ」

「……リセット？」

「ああ。君は知らないかもしれないが、この世界は何度かドラゴンによってリセットされている可能性が高い。……だったらもう一度ドラゴンを呼び出して、リセットするのも悪くないだろう？　全て滅ぼした後で魔法によってまっさらな人間を生成し、私の研究を引き継がせるんだ」

……ドラゴンによるリセットって……真竜のことだよな。

人造真竜は、この話に繋《つな》がっていたのか。

あれはレリオールの蘇生実験の材料であったと同時に、世界をリセットさせるドラゴンの実験体でもあったというわけだ。

「それで……協力してくれるかい？」

ここは慎重に答えるべきところだな。

協力すると答えれば『研究所』の場所を教えてもらえる可能性も高そうだが、最初の任務として殺人を依頼されたような時に対応が難しくなる。

断れば裏切りを疑われかねないし、裏切りを疑われると『エトワスの書』による精神汚染が解けていることもバレてしまう。

となると……。

「……基本的には協力するが、やりたくないこともある。仕事は選ばせてもらっていいか？」

「構わないよ。具体的には何を避けたいんだ？」

「主に殺人だな。ブラック企業を滅ぼすまで、それ以外の人間には手をかけないと決めているんだ。……逆にブラック企業が関わる殺しなら、最前線に配置してほしい」

まあ、別にブラック企業の人間も殺すつもりはないのだが。

社員のほとんどは、俺と同じ被害者なのだし。

「ふむ……殺人を避けるとなると、『研究機関』では浮くかもしれないな。……まあ、エトワスの同志には変わり者も多いから、分かってもらえるだろう。ちなみに殺さない拷問などは大丈夫か？」

「拷問するのもブラック企業だけと決めている」

このキャラ、便利だな。

ブラック企業も、たまには役に立つものだ。

「そうか……では、『試料』を作る側ではなく、使う側に関わってもらうのがよさそうだな。エトワスの書を読めるほどの人間なら役に立てるだろう。地味な作業に思えるかもしれないが、街くらいなら一瞬で滅ぼせたりするんだ。ちょうど今はデカい計画が動いているから、それに参加してもらおう。君の『ブラックキギョウ』を滅ぼす計画にも役立てると思うぞ」

「デカい計画？」

「ああ。うまくいけば国をいくつかまとめて滅ぼせるんだ。……『ブラックキギョウ』とやらは隠れるのが上手い集団みたいだが、国ごと滅ぼしてしまえばいい話だろう？」

……そんな恐ろしい計画が動いていたのか……。

これに乗って『研究機関』に潜り込めば、いい情報が入手できそうだ。

国を滅ぼす計画が完成する直前のタイミングで裏切れば、計画も阻止できるだろう。

俺自身は仲間のふりをするために動きが制限されることになるが、スライムたちによる偵察などはできるかもしれない。

本部の場所が分かった瞬間に『終焉《しゅうえん》の業火《ごうか》』で焼き払うような手もあるし、いずれにしろ損はなさそうだ。


唯一警戒すべきは、今までの会話が全て俺をハメるための罠《わな》だという可能性か。

まあ、そのあたりは警戒しながら動くしかないだろう。

寝首をかかれないようにしなければ。


「……確かに、国ごと滅ぼすのは名案だな。それなら協力できそうだ」

「決まりだな。じゃあ、君を『研究所』のイアダ支部に案内しよう」

「そんな大きな計画なのに、本部じゃないのか？」

リスクのある質問だ。

情報を探りに来たというのがバレやすくなるという面はある。

だが……それでも本部についての情報はほしいところだ。

信用されているうちに聞けるなら、それが一番いい。

エトワスの書による精神汚染が解けていることは、いつバレてもおかしくないのだから。

「本部かい？　本部はここだが……ここでは大したことはできないと思うよ」

「……ここが本部なのか？」

「ああ。エトワスの書に魂を売った同志しか入れない、最も安全にして最高の会議場……それがこの本部だ。しかしエトワスの書を読める者しか入れないとなると、実際の作業には不向きだろう？」

「確かにそうだな」

なるほど、ここが本部だったのか。

確かに、入るための条件が厳しすぎる場所は、作業をするには向かなそうだな。

研究機関のメンバーのほとんどは、エトワスの書を読んだことがないようだし。

実際のところ『研究機関』の本部というのは、ただの幹部会議の場所といった感じなのかもしれない。

スライムたちが調べた部屋の一つに会議室っぽいのがあったし、幹部会みたいなことをそこでやっているのだろう。

「ところで、君をなんと呼んだらいい？」

「……セイシロウだ」

もちろん嘘だ。

本当の名前を伝える理由はないからな。

しかし、偽名とはいえ『研究機関』の怨みを買うことになれば、同じ名前の人に迷惑がかかってしまう。

何の罪もない人に迷惑をかけることになれば、心が痛んでしまう。

……というわけで、地球にいた頃の上司（パワハラとセクハラを足して2で割らなかったような人間だ）の名前を使っておいた。これなら心は傷まない。

日本風の名前だから、この世界には他にいなさそうだしな。

「セイシロウか。珍しい名前だが……偽名かね？」

一瞬で偽名がバレてしまった。

おのれ上司め。

もうちょっと異世界でも自然に聞こえる名前でいてくれれば、こんな迷惑を被ることもなかったのに。

「ああ。本名はサノだが、本名はもうしばらく使っていないんだ。……本名を使ったほうがいいか？」


ユージという名前は出さないほうがよさそうなので、名字のほうを名乗っておいた。

俺の名前は佐野ユージなので、嘘は言っていない。

もしクレドが嘘を見抜く手段を持っていたとしても、これならバレないというわけだ。

「いや、セイシロウで構わない。『研究機関』では、本名を使っている人間のほうが少数派だからな」

やはり本名は少数派なのか。

まあ、基本的には犯罪組織なのだし、当たり前といえば当たり前かもしれない。

とりあえず、上司のせいで信用をなくすことは避けられたようだ。

第二章

Tensei Kenja no Isekai life

それから数日後。

俺《おれ》は地図と紹介状を持って、人里離れた森へと向かっていた。


『スライム、地図の場所には何かあるか?』


俺はスライムに、そう尋ねる。

実はイアダ支部には、入り口がいくつもあるとの話だが……地図の場所だけが新入り用の入り口で、他の出入り口に部外者が近付こうものなら、捕まえられて『試料』にされてしまうという話だ。

新入りのためだけに入り口を作るというのも、なかなか面倒な気もするが……そうすることによって、別の入り口に近付く人間を無差別に攻撃できることになるので、警戒という意味では便利なのかもしれない。

『なんか、へんなかんじー！』

『あんまり、近付きたくないかも……』

どうやらスライムたちは、その場所に近付くのを嫌がっているようだ。

『研究機関』の施設だというだけあって、何か嫌な雰囲気や、変な魔力があるのかもしれないな。

俺をハメるための罠《わな》などでなければいいのだが……罠に掛かるリスクを犯さないことには、『研究機関』の内部調査もやりようがないので、仕方がないだろう。

『分かった。俺が直接行こう』

俺はそう言って、クレドにもらった地図の場所へと向かった。

◇

「……ここか」

たどり着いた場所には、１本の杭が刺さっていた。

俺はクレドに渡された紹介状を、その杭に向ける。

すると……杭の手前の地面が沈み込み、深い穴が現れた。

穴にははしごがかかっている。


「……降りてこいってことか」


自分で敵の拠点の中に入るというのは、初めての経験だな。

今までの潜入捜査は隠密能力を持つスライムたちに任せていたので、自分でやるようなことはなかったのだ。

しかし、今回はスライム任せというわけにはいかない。

拠点の場所が分かった以上、スライムを侵入させることも不可能ではないが……仲間として潜入するのに比べると、得られる情報は少ないだろう。

それに……『研究所』の施設ということは、以前にスライムたちの存在に気付いたような魔力探知系の魔導具が置かれている可能性もある。

『ちょっと、ここで待っててくれ』

そう言って俺は、肩に乗っていたスライムを地面に降ろした。

正直なところ、スライムがいない状態で潜入というのはかなり危険な気がするが……スライムの存在がバレるリスクも非常に大きいので、仕方がないだろう。

まあ、スライムなしでの侵入は俺だってやりたくないので、なんとかしてすぐにスライムを潜り込ませるつもりなのだが。

『えー、置いてくのー？』

『ゆーじ、ひとりで大丈夫ー⁉』

『いつでも入ってこれるように、準備をしておいてくれ。……なんとかして、スライムが入れる状態を作り出す』

『わかったー！』

そう言ってスライムは、穴から離れたところに隠れた。

俺はその様子を確認してから、はしごを下り始めた。

◇

それから数十分後。

俺は長いはしごを下り終え、重厚な扉の前にいた。

扉には、何やら魔導具がはまっている。


さて……これからどうすべきだろう。

クレドは場所のことは教えてくれたが、ここに来た後で何をすればいいかまでは教えてくれなかったんだよな。

普段なら扉の隙間《すきま》からスライムを潜り込ませるところなのだが、残念ながら置いてきてしまったし。


などと考えていると、魔導具が光り……声が放たれた。

『名前は？』

『セイシロウだ』

『……エトワスの同志か。入ってくれ』

その言葉とともに、扉が開いた。
扉の中にあったのは、窓のない、真っ白な部屋だ。
地下深くなので窓がないのは当然としても……なんだか殺風景な感じだな。

部屋には俺が入ってきた扉以外に、３つの扉がある。
２つは普通の、人が通るサイズの扉。
片方には『登録室』、もう片方には『未登録者立ち入り禁止』と書かれている。
そして最後の一つは何も書かれていない、巨大な扉だ。

俺が部屋の中を見ていると、『未登録者立ち入り禁止』の扉が開き……１人の男が姿を表した。

男はニヤニヤとした、気味の悪い笑みを浮かべている。

「私はこの支部の長、ウィルだ。歓迎するぞエトワスの同志よ」

「セイシロウだ。よろしく頼む」

いきなり支部長が出てくるのか。

この対応は、エトワスの書を読んだ人間だからだろうか。

とりあえず、出てきたのが暗殺者や罠の魔導具でなかっただけよしとしておこう。

「本人確認のために、扉を出してもらえるか？」

「扉……殲滅《せんめつ》者の扉のことか？」

「ああ。我々はエトワスの扉と呼んでいるがな。……君が本当に同志なら、扉を出せるはずだ」

この言い方を聞く限り、彼もエトワスの書を読んだ人間のようだな。

『研究所』の中でもエトワスの書を読める人間は少ないようなので、高い地位につきやすいということなのかもしれない。

情報を引き出す上では都合がよさそうだ。

「殲滅者の扉」

俺が魔法を唱えると、巨大な扉が現れ……壁にめり込んだ。

どうやら部屋に対して、扉のサイズが大きすぎたようだ。

扉がめり込んだ壁は大きくへこみ、ヒビが入っている。

「……すまん、悪気はなかったんだ」

「ほう……ここまで大きい扉は初めて見たな。そこまで魔格が高いのか？」

「……マカクって何だ？」

「その名の通り、魔法使いとしての格だ。魔格が高いほど、エトワスの扉は大きくなると言われている」

そういうものだったのか。

まあ、魔力が多いと、魔格なるものが高く判定されやすいのかもしれない。

「壁に穴が空いてるが……大丈夫なのか？」

「問題ない。この部屋は元々、敵の侵入で壊されてもいいように作られているからな」

「……なるほど」

どうやらここは入り口というだけあって、あまり大事な部屋ではなかったようだ。

おかげで、いきなり設備を壊して敵認定されてしまわずに済んだ。

「さて……さっそく支部の中を案内したいところだが、まずは魔力の登録からだ」

「魔力の登録？」

「ああ。この支部の中には、登録されていない生物の魔力を自動で探知する装置が置かれている。だから魔力を登録しておく必要があるんだ」


やっぱり、そういうシステムがあるのか。

スライムたちを置いてきて正解だったな。

もし連れてきたら、あっという間に見つかってしまうところだった。

できれば、なんとかしてスライムの魔力も潜り込ませたいところだが……そのタイミングや方法があるかどうかが問題だ。


「どうやって登録するんだ？」

「登録室の魔導具に触れるんだ。……この部屋に入ってくれ」


そう言ってウィルは、『登録室』と書かれた扉を開ける。

中には何やら魔法装置らしき配管が張り巡らされている。

そして部屋の中心には、配管に繋《つな》がった大きな魔石があった。

「これに触《さわ》ればいいのか？」

「ああ。1分ほどで魔導具が君の固有魔力を解析し、非排除対象に登録してくれる」

「……なるほど」

1分もかかるのか。

それだと、ドサクサにまぎれてスライムの魔力を登録するのは難しそうだな。

バレた時に危なそうだし、どちらかというと他の人間に魔力を似せるような魔法で偽装する方向性のほうがいいかもしれない。

エトワスの書に、使えそうな魔法があったような気がする。

俺の魔力データ『研究所』に渡すというのは危険が伴うが……逆に言えば、『研究所』に対する信頼をアピールできるということでもある。

ここは登録しておくか。

そう考えて俺が魔石に触れようとすると……ヴーンという音とともに、魔石が振動し始めた。

「なんか振動してるみたいだが……これは、そういうものなのか？」

「ああ。魔格が高い人間が触れようとすると、魔導具が負荷で振動することがある。……壊れたりするような代物じゃないから、安心して登録してくれ」

「分かった」

俺がそう告げて魔石に触れると……ボンッという音とともに、部屋が揺れた。

俺が触れた魔石は、チカチカと明滅している。

壊れるようなものではないという話なので、こういうものなのかもしれないが……なんだか不安定な感じの魔導具だな。

まあ、『研究所』の魔導具には実験的なものが多そうだし、『変な音がしても動けばいい』みたいな感じで作られているのかもしれない。

そう考えていると……ウィルが困惑したような声を上げた。

「セイシロウ、何かおかしくないか？」

「初めて見る魔導具だから、おかしいかどうかは分からないが……こういうものじゃないのか？」

「こういうものじゃない。データがおかしい。……一旦《いったん》手を離してくれ」

「分かった」

俺がそう言って手を離すと……壁の配管から、パチッという音とともに火花が吹き出した。

それを皮切りに、魔導具のあちこちが赤熱したり爆発《ばくはつ》したりし始める。

「退避《たいひ》だ！」

ウィルは危険を察したようで、退避を告げながら部屋から出ていった。

俺もそれを見て、急いで部屋から出る。

そしてついに……俺が触れた魔石が、砕け散った。

「……これは、壊れたんじゃないか……？」

「……壊れたな」

『登録室』の扉を閉めながら、ウィルがそう告げる。

壊れないって言われて触ったんだから、俺の責任じゃないよな……？

そう考えていると『未登録者立ち入り禁止』の扉が開き、数人の研究員が入ってきた。

「ウィル所長！　魔力監視装置に異常な過負荷が！」

「魔力監視系、完全にダウンしました！」

どうやら魔導具は、登録室にいない人間でも分かるほど派手に壊れていたようだ。

まあ、俺が触った魔石が砕けただけならともかく、配管とかも派手に爆発してたもんな。

「異常な過負荷か……原因は何だ？」

「恐らく登録室付近に、異常な量の魔力が流れたのではないかという話ですが……そこから先は調査中です」

「データ記録部も損傷がひどく、破損理由の検証は難航する可能性が高いとのことです」

原因を聞かれた研究員たちは、困惑の様子でそう告げる。

その途中で研究員は、俺に目を向けた。

「ところで所長、そこにいる男は誰《だれ》ですか？」

「彼はセイシロウ……新たな『エトワスの同志』だ。彼の登録をしようとしたところで、魔導具が壊れた」

「……彼が敵のスパイで、魔導具を壊そうとした可能性は考えられませんか？」

嫌な流れになってきたな。

今は本当に、ただ魔導具に触っただけなのだが。

「『エトワスの同志』である以上、それはあり得ない。書の呪《のろ》いを受けていない君たちには分からないかもしれないが……そういうものだと考えろ」

「では……魔導具の故障ということになりますか？」

「その可能性が高いな。元々壊れかけていたものが、新規登録者を入れようとしたタイミングで崩壊したのだろう。原因によっては、責任者は『試料』送りということになるが……心当たりはあるかね？」

試料送り……。

それって、『試料』の材料にされてしまうってことだよな？

味方でも容赦ないのか……。

「な、何人かいますが……私ではありません！」

「では、ちゃんとデータを調査し、誰の責任かはっきりさせてこい。分からない場合は、調査責任者の責任とみなす」

「りょ、了解です！」

そう言って研究員は、大急ぎで引き返していった。

責任者扱いされてはたまらないと思ったのか、他の研究員たちもそそくさと部屋から出ていく。

そんな中……ウィルが口を開いた。

「待て」

「はい！　何でございましょうか！」

「監視システムの再稼働にはどのくらいかかる？」

「……私が離れたタイミングでの状況ですと、システムを構成する魔導具自体がいくつも壊れてしまっていたので……半年ほどかかるかと」

恐る恐るといった感じで、研究員がそう告げる。

半年って……随分と時間がかかるんだな。そこまで派手に壊れていたのか。

まあ、言った時間に間に合わなかったら『試料』にされてしまうから、わざと長めに言っているのかもしれないが。

そう考えていると、ウィルが口を開いた。


「1ヶ月で終わらせろ。お前が責任者だ」

「は、はい！　終わらせます！」


そう言って不運な担当者は、大慌てで部屋を出ていった。

たまたまここに居合わせなければ、そんな責任をかぶせられることもなかっただろうに。


……もしかして『研究所』って、ものすごいブラック企業なんじゃなかろうか。

俺がいたブラック企業でも、失敗をしたからといって実験材料にされるようなことはなかったぞ。

せいぜい家に帰るのを禁じられて、仕事が終わるまで会社に寝泊まりするハメになるだけだ。

３階の窓から逃げようとして骨折した社員はいるという話を聞いたことがあるが……実験材料の粉にされてしまった社員の話は聞いたことがない。

「ここでは、失敗をすると『試料』にされるのか？」

「いや、ただの脅し文句だよ。ああやって脅しておくと、よく働くんだ」

なるほど、命が惜しければ一生懸命働けということか。

確かにある意味合理的……なのか？

実際に『試料』にしないとなると、脅し文句がいつまで効果を発揮するかは微妙なところだが。

「少し失敗したくらいで『試料』にしていたら、いくら研究員がいても足りないだろう？

『試料』の材料なら、冒険者を使うのが一番いい。タダで手に入る上、魔物にやられた扱いになれば足がつかないからな」

「確かにそうだな」

決して賛成できる意見ではないが……合理的なのは確かだろう。

冒険者の行方《ゆくえ》不明の多くは、もしかしたら『研究所』絡みだったりするのかもしれない。

「まあ、資質を疑われるレベルのミスをしなければ『試料』にはされないから、あまり気にしないでくれ。試料になる研究員は月に数人いるかどうかだな」

「……月に数人はいるのか……」

「使えない人間はいても仕方がないからな。『試料』にでもして有効活用したほうがいいだろう?」

やはりブラック企業だな。

エトワスの書は、この世界にブラック企業はないという判定をしていたみたいだが……ここにあったぞ。

まあ、ここはブラック企業どころか犯罪組織なのだから、当然なのだが。

それはそうと……今までの話の内容が正しければ、ここにあった魔力監視装置はもう壊れ、稼働していないということになる。

つまり……スライムが忍び込んでも、探知されないのではないだろうか。

一応、確認しておくか。

「さっき、監視装置が壊れたって言ってたが……俺の登録はどうなるんだ？」

「監視装置が壊れた以上、登録のしようがない。侵入者検知も止まってしまうから、登録なしでも問題ないだろう」

「……侵入者検知が止まるって……大丈夫なのか？」

「もちろん問題だ。だから、できるだけ復旧を急ぐ必要がある」

この感じだと、スライムが入っても大丈夫そうだな。

とはいえ、俺が入ったのと同じ入り口からスライムが侵入すれば、もしバレた時に犯人が分かりやすくなってしまう。

ここは一旦、別の入り口から入ってもらうべきだろう。

『スライム、他の入り口を探して、『研究所』に入ってきてくれ。どこかにあるはずだ』

『いりぐち、ほかにもあるのー？』

『これだけじゃないのー？』

『まず間違いなく、メインの入り口は他にある。……最初に見つけたスライムには、好きな種類の肉を100キロ買うぞ』

俺の言葉を聞いた瞬間……スライムたちが、一斉に分裂した。
そしてスライムに出せる限りの速度で、あちこちに散らばり始める。

『ぼくがみつけるー！』

『ううん、ぼくがー！』

『肉はぼくのー！』

……この様子なら、入り口はそう遠くないうちに見つかりそうだな。
むしろスライムが入り口探しに一生懸命になるあまり、『研究所』の人間にバレてしまわないかどうかのほうが心配なくらいだ。

『見つからないように気をつけてくれよ。見つかったら肉は買わないからな』

『わ……分かったー！』

『がんばって、かくれるねー！』

スライムたちの動きが、少し慎重になったような気がする。
普通、『研究所』に見つかったら自分の命の心配をするものだと思うのだが……スライムたちにとっては肉のほうが大事なようだ。
まあ、もし見つかってしまったら『魔法転送』などで助けるので、スライムが死んでしまうようなことにはならない可能性が高いのだが。

などとスライムと話していると、またウィルが口を開いた。

「……よく考えてみると、侵入者検知は再稼働しても気休めにしかならない可能性もあるな」

「そうなのか？」

「ああ。少し前の話だが……侵入者検知が完璧《かんぺき》に機能していたはずの支部が、犯人の魔力情報すら残せないまま壊滅した事件があった。今『研究所』が直面している敵には、魔力感知が役に立たないのかもしれない」

潰《つぶ》された支部って……俺が潰した場所のことだよな？
あれは恐らく、侵入したスライムの数が膨大すぎて、魔力検知装置が混乱してしまったのが理由だと思うが……まあ、教えてやる理由はどこにもないか。

いずれにしろ、魔力検知装置が壊れてくれたのはラッキーだった。
スライムを連れずに敵地への潜入なんて、絶対にやりたくないからな。
起きている間ならともかく、寝る時までには絶対にスライム警戒網は必要だ。

「侵入者検知が機能しない相手には、どうやって対策したらいいんだ？」

「どんな敵か分からないことにはなんとも言えないが……状況に応じて、柔軟かつ的確な対応を行うしかないだろうな」

柔軟かつ的確な対応……それは『作戦は何も考えていません』と言っているのと同じじゃなかろうか。

まあ、彼が本気で言っているとしたら、襲撃する側にとってはありがたい話だな。

……などと考えているのがバレないように、一応深刻な顔をしておくか。

「侵入者が来た時のために、戦闘訓練をしておいたほうがよさそうだな」

「そうしたいところだが……我々は研究機関であって、防衛は必要に応じてやるだけだ。戦闘に慣れていないようなら講習は受けられるが……エトワスの書を読める者が受けても、退屈なだけだと思うぞ」

「なるほど、そんなに難しいことはやらないんだな」

講習と聞くと、なんだか普通の会社の安全講習みたいな感じがしてしまう。

まあ、職場の安全を守るという意味では、安全講習みたいなものなのかもしれないが。

「殺しを主業務にしている部隊は他にあるから、それ以外の人間が防衛に関《かか》わることは少ないな。彼らは放っておいてもよく働くから、それ以外の研究員は研究に専念できるんだ。……まあ、たまに働きすぎるのが難点だがな」

「働きすぎる？」

「殺し担当の部隊は、ほとんどが勧誘してきた連続殺人犯だからな。『研究所』が彼らをサポートする代わりに、彼らは試料の調達や防衛を担う……そういう契約なんだが、たまに勝手な殺しをする奴《やつ》がいるんだ」

……連続殺人犯をスカウトか。

方法の想像がつかないが、犯罪組織には独自のネットワークか何かがあるのかもしれない。

今の話を聞くと、他にも気になるところが出てくるな。

「普通の研究員は、どうやって集めているんだ?」

あまり詮索すると怪しまれてしまいそうだが……話の流れからして、自然な疑問だろう
エトワスの書のおかげで信用されているのなら、これも答えてくれるかもしれない。

「ああ、それも街での勧誘だよ。こういった、一般社会では『倫理に反する』とか言って禁じられてしまうような研究が好きな人間は一定数いるから、それを見つけてきて誘うんだ」

「……そんなの、分かるものなのか?」

「ひと目見れば分かる。同じ性質を持つ人間同士というのは、惹《ひ》かれ合うものなのだよ。……君もそのうち、分かるようになるだろう」

いや、ならないと思うし、なりたくもないのだが……。

しかし、ひと目見れば分かるというのが本当なら、『研究所』にこれだけの数の研究員がい

るのも納得がいくな。

一般人に紛れて街を歩いている時などにそれっぽい人を見つけたら、試しに声をかけてみて、勧誘するといった感じだろう。

……断った人がどうなるのかは、あまり想像したくないが。


「さて、そろそろ仕事の話に移ろうか。……君は第12研究室の配属になるから、現場に行って仕事を聞いてくれ。彼らは面倒見がいいからな」

「分かった」


俺はそう言って、渡された研究所内の地図を受け取る。

ついに『研究所』での仕事か……。

情報集めにはいいのかもしれないが、あまりいい場所ではなさそうだし、早いところ終わらせたいものだ。

それから少し後。

俺《おれ》が第12研究室に行くと、5人の若い研究員が俺の姿を見て、嬉《うれ》しそうな顔をした。

「ああ、君が新人のセイシロウか。よく来てくれたね。私はメニル。ここの室長をやっている」

そう告げたのは、若い女性の研究員だ。

眼鏡《めがね》をかけていて、いかにも頭がよさそうな雰囲気だな。

研究者という感じがする。

まあ、『研究機関』の研究者なので、あまり信用はできなさそうだが。

「さて、君の仕事についてだけど……セイシロウは、この第12研究室がどんな仕事をする場所かは聞いているかい？」

「聞いてはいないが……とりあえず、殺人や拷問じゃないとは聞いている」

「うーん、残念ながら正解だけど、それは『何をしないか』であって、『何をするか』じゃないね。それと、私たちも人を殺すことはあるよ」

「そうなのか？」

一応、ここに来る前に、第12研究室に関する話は少しだけ聞いている。

その話を聞いた感じだと、この『研究機関』の研究室にしては珍しく、全くと言っていいほど試料調達……つまり殺人や拷問に関《かか》わっていない場所だという話だった。

「まあ、仕事としては殺さないけど……ほら、研究が行き詰まった時とか、気晴らしになるし」

「気晴らしなら、殺さないで指を1本1本折ったりしたほうがいいけどな。……あと、ものすごい痛みを与える魔法毒素があったよな？　あれも楽しかったんだが、最近見かけなくなった気がする」

「ああ、あれは間違って吸い込んだ研究員が壊れちゃったから、破棄したよ。部外者に投与するにはいい薬だったけど、ちょっと危なすぎるね」

……やっぱり、『研究機関』は『研究機関』って感じだな。

むしろ仕事じゃなくて趣味として殺している分、余計にタチが悪い気がする。

一応、『研究機関』のスカウト対象は非倫理的な研究に興味を持つ人間であって、単なる快楽殺人犯ではないはずなのだが……『研究機関』の環境に染まるうちに、快楽殺人犯になってしまうものなのかもしれない。

もう、今すぐ『終焉《しゅうえん》の業火《ごうか》』で研究所ごと燃やしていい気もしてきたが……それだと他の支部の場所が分からなくなってしまう。

ここまでの好機がまた訪れる保証はどこにもないので、もう少しだけ内部調査を続けてみるか。

スライムたちが潜り込めれば、情報集めは一気に進むだろうしな。

「うーん、吸い込んで危ないだけなら、溶剤に溶かしたやつを用意してくれれば……」

「それもやろうとしたけど、間違って手につけたらひどい目にあうよ。私は痛いの嫌だな」

「でも、人間を壊せる薬だろ？　試料という観点からいくと……」

「ダメだよ、今は白い『試料』だって十分使えるんだから、ちゃんと殺そうね。……あの薬、投与した人の血に触れるだけで痛いから、色々めんどくさかったんだよ」

うーん、どこまでも最悪な会話だな……。
この研究室でやっていけるのか、不安になってきたぞ。
というかむしろ、やっていけないほうがいいのかもしれない。
などと考えていると……もう1人の研究員が口を開いた。

「おい、新人に悪いことを教えるなよ」

どうやらこの研究室にも、少し違った考えの持ち主がいたようだ。
声をかけてくれた男は、少し目つきが悪い感じだが……実は一番まともな神経を持っていたりするのだろうか。

「いいか新人、殺しは手段であって、目的じゃない。どう殺すかじゃなくて、殺すことによって何ができるかを常に考えるんだ」

その言葉を聞いて、先程の2人が吹き出した。

どうやら、彼の言葉が面白《おもしろ》かったらしい。

「殺しの目的って……じゃあ、この前通りすがりの冒険者を焼き払ったのは何だったの？」

「死体が燃えちゃって、結局試料にもならなかったんだよな……？　一番目的を見失ってるんじゃないか？」

「いや、あれはちゃんと目的があった。……新しい対人攻撃魔法を開発したから、実験に使ったんだ」

……どうやら、この研究室にまともな人間はいなかったようだ。

殺しを仕事にしていない研究室でこれって……他の研究室は一体どんな魔境なのだろう。

それとも逆に、殺しが仕事ではないからこそ、趣味として楽しんでいるということか……？
気持ちはよく分からないが、分かりたくもないな。

「まあ、殺しの話はこれくらいにしておこう。もし君も気晴らしがしたくなったら言ってくれ。行方《ゆくえ》不明者が出ても不自然になりにくい森とかを教えてあげるよ」

「……遠慮しておこう。俺が殺すべき相手は、ブラック企業だけだからな」

……むしろ、この研究所こそブラック企業の中のブラック企業という感じがする。
以前に潰《つぶ》した支部も、内部の様子としては似た感じだったが……ここまでひどかっただろうか。
話を聞いた感じだとここは機密度が高い支部のようだし、特にやばい連中が集まっているのかもしれないな。

「さて、殺しの話はここまでにしておいて……仕事の話を続けようか。この研究室の仕事は、簡単に言うと……ドラゴンの召喚だ」

「ドラゴンの召喚？」

「ああ。ドラゴンの中でも特に強い力を持つ『真竜』……それを作り出すのが、僕たちの仕事だ」

「『研究機関』の仕事の中でも、一番大きいプロジェクトと言っていいだろうね。……いきなりここに配属されるなんて、君は期待されてるんだな」

ドラゴンの召喚と言われて思い出すのは、レリオールを復活させた時の人造真竜だな。

あれは『研究機関』によって召喚され、一瞬だけ制御された……というか力を抑え込まれていた。

その後で制御は解け、研究員たちは怒れる真竜によって皆殺しにされたのだが……あの事件の黒幕は、この研究員たちだったのだろうか。

だとすると俺がいる研究室は、まさに『研究機関』の中枢と言っていいのかもしれない。

あの規模の事件が他の場所で起きたという話は聞いたことがないからな。

ちょっと探りを入れてみるか。

「真竜の存在は知っているが……あれって、人間に召喚できるような代物なのか？」

「可能だよ。実際に、それに近いものの召喚は一度成功したはずなんだ。……まあ、データを取る研究員たちがみんな死んでしまったから、召喚時のデータは完全ではなかったけどね」

「成功したのに死んだってことは……ドラゴンを飼いならせなかったのか？」

「まあ、そんな感じだね。一応、ドラゴンが吹く炎を呪《のろ》いに変えて中和する魔導具は用意してたんだけど、あんなの5分もてばいいほうだし。……まあ、前の実験は英雄蘇生がメインの目的だったから、ドラゴンはそんなに大事じゃなかったんだよ」

……この感じだと、彼らが言っているドラゴン召喚というのは、レリオール蘇生の時の事件で間違いなさそうだな。

まさか、あの事件を起こした連中のところに潜り込めるとは……潜入調査は、思ったよりうまくいっているようだ。

「真竜って、そんな適当な感じで召喚できるものなんだな……」

「適当って言っても、かなりの手間と『試料』が必要になるけどね。できればもうちょっと『試料』の消費量は減らしたいところだけど、あんなに優秀な魔法触媒はなかなかないからなぁ」

「どのくらい必要なんだ？」

「うーん、３万６千人分くらいかな。長時間維持しない前提の召喚でそれだから、ドラゴンの姿のまま安定させようと思ったら10万人分は必要になると思う」

10万人分……それだけ多くの人間を『試料』にするというわけか。

調達計画があるとしたら、何とか止める必要がありそうだな。

必要な材料自体をなくしてしまえば、ドラゴンの召喚もできないわけだし。

「そんなに沢山、どうやって調達するんだ？」

「ああ、この計画の分はもう確保してあるから問題ないぞ。昔からの備蓄がある」

「他の研究室は『試料』不足で大変みたいだけど、ウチは最優先で回してもらえるからね」

……どうやら、すでに手遅れだったようだ。

最優先で『試料』が回ってくるあたり、重視されている研究室なのは間違いがないようだな。

「まあ、召喚のほうの準備は手が足りているから安心してくれ。……君に頼みたいのは、制御のほうだ」

「制御っていうと、炎を呪いに変換する魔導具の研究ってことか？」

「いや……あの方法は理論上、長時間は作動させられないことが分かっている。実験に関わる研究員たちを安心させる以上の効果はない」

なるほど、あの制御失敗は、やはり最初から計画通りだったのか。

仲間に対しても容赦ないようだ。

「じゃあ、どんな方法を使えばいいんだ？」

「その見当がついていないから、君に調査を頼みたいんだ。……エトワスの書を読めたということは、魔導書の解読が得意なんだろう？」

「魔法書を読めばいいのか？」

「そういうことだ。……『研究機関』にはまだ読めていない魔導書が沢山あるから、片っ端から翻訳してもらいたい。そして何か使えそうなものがあったら報告してくれ」

……俺の仕事は読書係か。

なかなか美味《おい》しい立ち位置だな。

犯罪行為に直接関わることもないし、『研究機関』に伝わるとまずい情報があった場合、わざとでたらめな翻訳をしてしまえば、『研究機関』の妨害もできる。

問題は、他の解読者が読んだ時に嘘《うそ》がバレてしまう可能性があることだが……少なくとも、時間稼ぎにはなるだろう。

「分かった。まずはどの本を調べればいい？」

「最初のサンプルとして、ドラゴンが関係ありそうな本を2冊用意した。見たことがある本はあるかね？」

「……『ヴィアスの英雄譚《たん》』と、『ウイレン旅行記』……どちらも初めて見る本だな」

あんまり魔導書っぽくない名前だな。

どちらも表紙にドラゴンの絵が描かれているが、旅行記にドラゴンを制御する方法が書かれていることなど、あり得るのだろうか。

そう考えていると……部屋中の視線が、こちらに集まっていた。

研究員たちは、驚きの表情でこちらを見ている。

「セイシロウ……今、この本の名前を何と言った？」

「ヴィアスの英雄譚と、ウイレン旅行記だが……もしかして、間違ってるか？」

俺はなぜかこの世界の言語を読めるが、ちゃんと文法などを理解しているわけではない。

ただ読める……というか読めるように感じているだけなので、俺は自分で読んだ文章の内容が合っているかどうか、確認する手段を持たないのだ。

もし俺が読む内容が間違っているとしたら、今までに読んだ魔導書などの内容もでたらめだった可能性すらある。

魔法自体が使えていることに変わりはないので、戦闘自体には問題ないかもしれないが……情報集めに関しては大問題だ。

などと考えていると、メニルが口を開いた。

「いや、タイトル自体は恐らく合っているんだけど……ひと目見ただけで解読できてしまうのかい？」

「……普通は読めないものなのか？」

「もちろん読めない。本文を1ページ3日で解読できればいいほうだから……タイトルだけの分量だと、どんなに早い人でも5分はかかるかな」

「エトワスの書を読めると聞いて、期待はしていたけど……まさか、古代文字解読の天才なのか……？」

……どうやら内容は合っていたようだが、読むのが速すぎたらしい。

まあ、スキルで読んでいるのだから、古文書のような感じで『解読』している人から見ると、速すぎる感じになるのかもしれない。

魔導書も普通の本も、同じ文字だと思い込んでいたが……よく見てみると、文字の形が違う感じだな。

これは古代文字だったのか。

真面目《まじめ》に仕事をするのであれば、このまま『解読が速い人』という扱いになっても問題ないのだが……俺の目的の一つは、できるだけ『研究機関』に貢献せずに情報を引き出すことだ。

となると、読める速度はあまり速くないほうがいい。

今のはたまたま読めたってことにしておくか。

「普通読めないと聞いて安心した。実は俺も、そんなに速くは魔導書を読めないんだ」

「でも、さっきの速さは……」

「たまたま以前に解読した単語で書かれていたから、すぐに読めたんだ。本文はこうはいかないだろうな」

「なるほど、そういうわけだったんだな」

どうやらごまかせたようだ。

これで俺は一日中仕事をしているふりをしながら、スライムたちの様子を見られるというわけだ。

魔力探知装置が壊れたおかげで、こっそり魔法転送もできるかもしれないな。

「しかし、古文書を見て『見たことがある単語がある』と言っている時点で、ものすごく優秀な解読者なんじゃないか……？」

「ああ。しかも『ヴィアス』とか『ウイレン』なんて固有名詞まで分かるとなると……一体どれだけの勉強を積んでいるんだ……？」

うーん、これは完全にごまかしきるのは難しそうだな。

読むのが遅いふりをしたら、それこそ嘘を見抜かれてしまいそうだ。

手を抜きすぎると、今度は適性がないと判断されて、他の仕事を回されてしまう可能性もある。

さらに、仕事ができないとみなされれば、信用も悪くなるかもしれない。

情報収集という意味では、ある程度は信用されておきたいところだ。

俺が担当する量が多くなれば、『研究機関』に渡った時に危険な情報を隠せる可能性も上がる。

ここは適当に、バランスを取っておくか。

「ちょっと本文を見てみていいか？」

「もちろんだ」

俺はメニルの了承を得て、ヴィアスの英雄譚の1ページ目を開いてみる。

見た感じだと、内容は子供向けの物語という感じだ。

当然、読むのに時間などかからないが……文字自体は古代文字のようだし、時間がかかるふりをするのがよさそうだ。

それと、内容をごまかしているのがバレた時のために、あらかじめ多少は精度が低いという話もしておく必要があるな。

『速い代わりに解読精度はいまいちな人』くらいの立ち位置が、スパイとしては一番美味しい気がする。

「……分かる単語も多いが、分からない単語も多いな」

「1冊読むのに、どのくらい時間がかかりそうだ？」

「1日で1ページ……と言いたいところだが、全部を完全に解読しようと思うと、もっと時間がかかりそうだな。9割合ってるくらいでいいなら1日1ページはいけそうだ」

さっきは速くて1日3ページだと言っていたので、3倍だ。
これだけの速度なら、多少精度が低くても『手を抜いている』とは言われずに済む気がする。
問題は『ゆっくりでいいから、正確にやってくれ。間違ったら殺す』などと言われてしまわないかどうかだが……。

「9割も合ってるのか⁉」

どうやら問題なかったようだな。
まあ、解読がどうとか言っている時点で、100%正確に読めるものではないのだろうという見当はついていた。

「普通はどのくらい合ってるものなんだ？　というか、合ってるかどうかどうやって確認するんだ？」

「重要な内容の部分だけ、何人かで別々に解読して、答えが合うかどうかで調べるんだが……普通は8割合うかどうかだな」

なるほど、重要な内容の部分だけか。

つまり、危険なことが書いてあるページはどうでもいい内容だったということにすれば、確認されてしまう可能性は低くなるわけだな。

などと考えていると……スライムの声が聞こえた。


『みつけたよー！』

『入り口、あったー！』

『おにくー！』


どうやらスライムが、この研究室の入り口を見つけたようだ。

『感覚共有』で様子を見てみると、確かにそこには、厳重に警備された門がある。

俺が入ってきた入り口に比べて、ずいぶんと大きい出入り口だが……研究員たちが日々消費する物資の量などを考えると、小さい入り口からちまちま運ぶわけにもいかないのだろう。

『中に入れるか？　できれば1匹だけで入ってみてほしい』

『わかったー！』

一応、魔力監視装置はダウンしているはずなので、俺が偽情報を摑《つか》まされたのでもなければスライムの侵入はバレないだろう。

だがもしバレた時、中にいるスライムが1匹だけであれば偶然という話になるかもしれないし、対処もしやすい。

いきなり100匹とか入れて一度に見つかったら、真っ先に疑われるのは今日入ったばかりの新人だろう。

できれば1匹目の侵入も、何日か待ってからにしたいところだが……そうすると夜に寝られなくなってしまうので、今日入れるのは仕方がない。

だから1匹ずつ入れて、様子を見ようというわけだ。

『楽勝～』

どうやら入り口は水密扉ではなかったらしく、スライムはあっさりと研究所内に潜り込んだ。

人間による警備は行われているようだが……隠密魔法のかかったスライムには気付けなかったようだ。

優秀な魔力探知魔導具があるから、逆にこういった侵入への対策は弱いのかもしれない。

『ユージのとこ行けばいい〜?』

『いや、まずはあちこち回って、施設の中を探索してみてくれ。俺の場所は一旦《いったん》大丈夫だ』

『わかったー!』

これでしばらくすれば、まだ『研究所』の中にスライムに気付ける設備があるのかどうか分かるだろう。

もし侵入がバレた場合、スライムがまっすぐ俺のほうに向かってきたら、流石《さすが》に犯人がバレバレすぎる。

だが、あちこち移動する中で俺の元にも来たというだけなら、俺と関係があるかどうかは分からないというわけだ。

などとスライムと話しつつ、俺は解読の話を続ける。

「まあ、何割合うかどうかは、本の内容によっても違うと思うぞ。簡単な本なら完全に解読できることもあるし、難しすぎれば全然分からないこともある。……まあ、分からないやつも時間をかければ、多少はそれっぽい解読ができると思うけどな」

「確かにそうだね。でも今までに魔導書を読んだ経験があって、9割答えを出せると思えるなら、優秀な解読者の証だ」

「ああ。まさに適任だな」

どうやらこの設定で、解読の仕事を任せてもらえるようだな。

あとは適当にサボったり、嘘をでっち上げたりしながら過ごして、情報を集めればいいというわけだ。

大事なのは、裏切るタイミングだな。

「分かった。ドラゴンを操《あやつ》る方法についての情報があったら報告すればいいのか？」

「そうだね。でも、他の情報も使うことがあるかもしれないから、一応解読した文章は全《すべ》て提出してくれ。……あと、ドラゴンの生態や行動原理についての情報もね」

「まあ、そんなに気負わなくてもいいよ。正直、強力なドラゴンを操る方法なんてない可能性も高いし、操れないなら操れないで色々と使いようがあるからね」


こう言ってくれるのは助かるな。

彼の言う通り、中途半端《ちゅうとはんぱ》なドラゴンならともかく、真竜をちゃんと操る方法はないような気がする。


真竜が簡単に操れるような相手なら過去の世界は滅んでいないだろう。

仮に方法が存在するとしても、実行がほとんど不可能に近いか、過去の世界では発見されていない……つまり古文書にも書かれていない可能性が高いというわけだ。

しかし問題は、彼らはドラゴンを制御する方法が見つからなくとも、構わず召喚しそうなところだな。

「……操れないドラゴンって、無差別に暴《あば》れるだけだよな？　使えるのか？」

「まあ、それならそれで使い道があるよ。王都のあたりに放って、国軍をドラゴンに滅ぼしてもらえば、我々はだいぶ動きやすくなるしね」

「試料確保において、最大の敵は国軍だ。ドラゴンが状況を引《ひ》っ掻《か》き回してくれれば、我々が街をいくつか……いや、下手をすれば国の人間をほとんど『試料』にしたとしても、誰《だれ》も我々を止められないかもしれない」

……治安を破壊して、自分たちが動きやすい状況を作るというわけか。

確かに、こそこそと冒険者を狩って回るよりは、ずっと効率がいいかもしれないな。

そんな真似《まね》をされるわけにはいかないので、当然実行に移す前に何か邪魔をする予定だが。

「それに、試してみたいこともあるんだよね」

「試してみたいこと？」

「うん。違う研究室で『気化魔法毒』って言って、広範囲の人間をまとめて固めちゃう研究をやってるんだ。英雄蘇生実験の応用みたいだけど……あれで国を丸ごと『試料』に変えることができれば、一生『試料』には困らない」

気化魔法毒……あの『絶界隔離《ぜっかいかくり》の封殺陣《ふうさつじん》』をすり抜けて、俺以外の人間を固めてしまった煙のことか。

俺には何の効果もなかったが……厄介なものであることは確かだな。

どのくらい現実的な話なのか、探りを入れておくか。

「国ごと固められるような代物があるなら、わざわざドラゴンを召喚しなくても、騎士団や国軍ごとその魔法毒で固めて『試料』にしてしまえばいいんじゃないか?」

スパイだとバレないように、研究員らしい言い回しにしてみた。

『絶界隔離の封殺陣』すらすり抜けるあの煙であれば、相手が騎士団だろうと関係ないだろう。

「……そこまでいければ理想だが、なかなか難しいだろうな。『気化魔法毒』の原型の呪いは、必要な準備と『試料』が重すぎて実用的じゃない。違う魔法で代用できないか探しているが……攻撃魔法を広く薄くばらまくような形になるだろうから、一般人くらいしか殺せない可能性が高い」

「原型の呪いのままだと、俺たちも多分死ぬしな。……魔法毒っていうのは、解毒剤や防護服を作るほうが難しいんだよ」

なるほど、研究しているのはただの攻撃魔法なのか。

どうやら『絶界隔離の封殺陣』をすり抜けられる心配はなさそうだな。

防護服で防げる程度の代物にするつもりなら、結界魔法でも防げるだろうし。

要は魔法に弱い一般人だけを殺す魔法というわけだ。

余計に邪悪な感じがしてくるが、強い人間まで殺されてしまうのに比べれば、対処しやすいともいえるな。

強い人間を殺せるほどの性能があったら、『研究機関』はとっくにそれを使って、あちこちの街を滅ぼしていそうだし。

などと考えていると、メニルが思い出したように手を叩《たた》いた。

「あ、そうそう。最後に一つ、教えておかなきゃいけないことがあったのを忘れてたよ」

「何だ？」

「『研究機関』を襲う敵についてだ。最近はなにかと物騒で、私たちを殺そうとするひどい奴《やつ》がいるみたいなんだよ」

これは……ツッコミ待ちだろうか。

一番物騒なのは、『研究機関』だと思うのだが。

「どんな奴なんだ？」

もしかしたら、これは俺の話かもしれない。

何か変装でもしておくべきだっただろうか。

しかし、変装はバレたら一発でスパイ確定だからな……。

『エトワスの書の呪い』による信用で、何とかなってほしいところだ。

「それが……実は分かっていないんだ」

俺の質問に、メニルはそう答えた。

「分かってない……？」

「ああ。彼の姿を見た人間が誰も生き残っていないから、情報がどこにもない。彼とは言ったが、男か女かも分かっていないんだ。……一応『人の姿をした悪魔』っていう名前がついてるけどね」

どうやら、情報操作はうまくいっていたようだな。

レリオールを蘇生させたマデラは、俺の正体を知ったはずだが……彼は『俺のことを他言しない』という約束を守ってくれたようだ。

「何も分かってないって……そんなの、どうやって対策すればいいんだ？」

「一応、候補者のリストはあるけど、見る？」

「ああ。見せてほしい」

俺の言葉を聞いて、メニルは分厚い紙束《たば》を俺に差し出した。

1ページに1人分の情報が載っているみたいだが……100人分くらいはあるだろうか。

中身を見てみると、『爆発《ばくはつ》以前のイビルドミナス島で活動』と書かれている者が多い。

イビルドミナス島で俺が見たような名前の候補者も多いようだ。

俺の知り合いも何人かいるが……似顔絵も、似ているものと似ていないものがあるな。

「イビルドミナス島の奴が多いんだな」

「ああ。『研究所』を敵に回して勝てるほどの力を持つ人間となると、危険地帯出身の可能性が高いからな」

「なるほど、単純に強さでリストアップしてるわけか」

「他に方法がないからね。……一応アリバイは調べてるんだけど、『人の姿をした悪魔』は分身するっていう話もあるから、あんまり参考にしないほうがいいかも」

いや、分身はしないと思うのだが……。

もしかしたら、スライムによる魔法転送のおかげで、分身使いだと勘違いしてもらえているのかもしれない。

何も知らない人から見たら、確かに同じ人間が二箇所に存在して魔法を使っているように感じるかもしれないからな。

などと考えながらページをめくる途中で、俺は手を止めた。

白い紙に書かれた資料の中に、1枚だけ赤い紙のものがあったからだ。

紙には『ユージ』という名前が書かれている。

この1枚だけ赤い理由は何だろう。

やはり俺がユージだと気付いていて、ここで指摘するつもりだったのだろうか。

だが、資料に描かれた似顔絵は別人なんだよな……。

「この赤いのは何だ？」

「赤い紙は、候補者の中でも特に『人の姿をした悪魔』の可能性が高い連中だね。５人くらいいると思うけど……いずれも凄《すさ》まじい実力を持っていて、それでいて普段の行動が摑みにくい人間だ」

なるほど……それで赤い紙なのか。

このリストがちゃんとしていたら、危なかったな。

しかし……この紙のおかげで、今まで俺の潜入がバレていない理由が分かった。

イビルドミナス島での活動歴や、ギルドへの登録日などといった情報は、それなりに合っている。

だが肝心の似顔絵が、あまりにも絶望的に似ていないのだ。

まず、目つきがあまりにも悪い。

『人の姿をした悪魔』という名前に引っ張られたのか、目が合っただけで人を殺しそうな顔をしている。

備考欄にも『目つきが悪い』と描かれているが……外から見ると、俺はこんな顔に見えるのだろうか。

だとしたら、ちょっとショックだが……俺は鏡を見たことがないわけではないので、自分がこんな顔ではないことが分かる。

これでは俺を見ても、資料に描かれている人間だとは思えないだろう。

そして、その目つきが悪い人の絵の横には、とても凶暴で勇敢そうな狼の絵が描かれている。

……もしこれがプラウド・ウルフのことだとしたら、この絵を描いた人は視力が悪くて、風景がぼんやりと見えていたのだろう。

もしかしたら、眼鏡をかけるのを忘れていたのかもしれない。

まあ、このあたりまでは100歩……いや1万歩譲って許せるとしよう。

問題はスライムだ。

一応、絵の俺の肩にはスライムが乗っているのだが……そのスライムまで凶暴そうな顔つきをしているのだ。

これでは、何が何だか分からない。

一体どう間違えれば、こんな絵ができあがるのだろう。


そう考えつつも、俺は資料のページをめくっていく。

あまり一つのページで止まっていると、不自然になるからな。


リストの中には、シュタイル司祭の名前もあった。

あまり有力な候補とはされていないようだが、候補としては扱われているようだ。

もしかしたら『救済《きゅうさい》の蒼月《そうげつ》』の暗殺対象リストか何かを参考に作られたのかもしれないな。


「……人数が多すぎてよく分からないんだが、この中の誰が『人の姿をした悪魔』なのか、見当くらいはついていないのか？」

「うーん……私の考えだと、この中にはいないと思う」

「リストにない誰かってことか？」

「うん。姿を見た人が１人も生きていない以上、極めて凶暴かつ残忍な性格の可能性が高い。……冒険者じゃなくて盗賊とかだと思うな」

……ひどい言い草だな。

まあ、勘違いしてくれる分には全く問題がないのだが。

などと考えつつ俺は、スライムの様子を見る。

とりあえずスライムには、片っ端から研究所内の部屋を見てもらっているところだ。

『スライム、状況はどうだ？』

『楽勝〜』

どうやら誰も気付く様子はないようだ。

見るからに機密性の高そうな研究室などに潜り込んでもなんの反応もないので、やはり泳がされているのではなく、気付いていない可能性が高いだろう。

魔力感知装置に頼っていたので、それがなくなってしまうと警備が難しいのかもしれない。

人間相手の警備は色々と方法があるが、目に見えないスライムは魔力でも調べない限りは見つけられないしな。

もしかしたら、他の研究所を見つけた時も、魔力探知装置の登録部からシステムを壊してしまうのがいいのかもしれない。

今回はたまたま壊れただけだが、ただ触《さわ》っただけで壊れるようなものなら、わざと壊すのは難しくないだろうし。

などと考えつつ俺は、外で待機していたスライムたちに指示を出す。

『よし、もう1匹中に入ってくれ』

『わかったー！』

◇

それから数時間後。

バレていないのを確認しながらスライムを増やすうちに、研究所内に忍び込んだスライムたちは100匹を超えていた。

何かあった時に魔法転送で守りやすいように、ある程度は固まって動いてもらっているが……それでも、研究所内部の状況はだいぶ掴めてきた。


ここには100人近い研究者がいて、さまざまな研究をしているようだ。

先程話していた『気化魔法毒』の研究室も見つかったが、話を盗み聞きした感じだと、あまりうまくはいっていないみたいだな。


今のところ『試料』を作っている部屋などは見つかっていない。

恐らく『試料』は別の研究所か、小規模な拠点などで作り、ここに運んでくるのだろう。

他の支部の場所に関する情報が見つかればいいのだが……そのあたりは、今後の偵察次第だな。


などと考えていると、鐘の音が聞こえた。

スライムたちを通して確認した感じだと、この鐘は『研究所』全体に鳴り響いているようだ。

「この鐘は何だ？」

「就寝時間の意味だ！　早く寝たほうがいい！」

そう言いながら研究員は電気を消し、地面に寝転がり始める。

どうやらベッドはないようだ。

まさか、床で眠るつもりか……？

どうやらここの睡眠環境は、日本にいた頃の会社よりさらに悪いらしい。

会社は寝袋持ち込み可だったし、寝袋を持ち込んでいなくても、段ボールを何枚か重ねて敷けば柔らかさを感じることができるからな。

硬い床に寝転がりながら、俺はそんなことを考えていた。

『寝ている間に誰か近付いたり、怪しい行動をしていたら教えてくれ』

『『分かったー！』』

敵地で寝るには勇気がいるが、敵地で寝不足になるのも危険だ。
スライムたちの警戒網を信じて、俺は眠りについた。

翌日。

俺《おれ》はけたたましい鐘の音で目を覚ました。

他の研究員たちは平然としているので、起床のチャイムはいつもこんなものなのだろう。

しかし……この世界にしては、起こされるのが随分と早い気がする。

寝てから起きるまで、体感4時間くらいだぞ。

日本の会社では普通だったが……この世界に来てから、こんなに睡眠時間が短かったのは初めてかもしれない。

「こんなに睡眠時間が短くて大丈夫なのか？」

配られた朝食（輸送効率を考えているのか、とても硬くてボソボソするパンだ）を食べながら、俺は他の研究員に尋ねた。

たった4時間しか寝ていないにもかかわらず、彼らはとてもシャッキリとした顔つきなのだ。
もしかして何か、睡眠時間を確保する方法があるのだろうか。
などと考えていたのだが……メニルの答えは、予想とはまた違った方向のものだった。

「そこの袋を開けて、1つ飲むといい」

そう言ってメニルが指したのは、『第12研究室』と書かれた袋だ。
袋を開けると、中には赤い錠剤のようなものが沢山入っていた。

「これ……飲むとどうなるんだ？」

「疲れがウソみたいに取れる。これがあるから『研究所』は効率的に研究を進めることができるんだ」

……これは、明らかにヤバい代物なのではないだろうか。
しかし、飲まないと怪しまれるか……？

俺が迷っていると、他の研究員が俺に声をかけた。

「死にたくなければ1つにしておけよ」

うん、明らかにヤバい薬だな。

まるで1つなら大丈夫みたいな言い方だが、1つでもアウトなんじゃないだろうか。

そう考えて俺は、薬を取らずに手を引っ込めた。

「……飲まないのか？　1つならバッグンに効くぞ？　こんなに効く魔法薬は他にない」

「あー……魔法薬は俺の魔力と相性が悪いから、あまり飲みたくないんだ」

「無理にでも飲まないと、3日ともたないぞ」

「大丈夫だ。睡眠不足には強い体質だからな」

日本人はこの世界の人間に比べて、体力面ではだいぶ負けているはずだ。

だが、唯一勝てるものがあるとすれば、それは睡眠不足への耐性だろう。

日本人はなにかと睡眠を削りがちだからな。


その中でも俺は、日本が誇る超ブラック企業で、日々睡眠不足に耐えてきたのだ。

正直なところ、鍛え方が違う。

得体のしれない薬を飲むくらいなら、4時間睡眠のほうがずっとマシだ。


そんなことを考えながら、俺は本を開いた。

今日はこの本の1ページ目を解読することになっているが……すでに読み終わってしまった。

大して特筆することもない、ありがちな英雄譚の1ページ目という感じだ。


というわけで、これを解読しようとしているふりをしながら、研究所の中を探っていくとしよう。

もう研究所はスライムだらけだが、気付かれる様子もないしな。

◇

それから数日後。

スライムたちを使って『研究所』の中を調べるうちに、妙なことが分かってきた。

この『研究所』は、ほとんど実験らしい実験をしていないのだ。


実験設備のようなものは、どこの研究室にも沢山ある。

しかし、どれも今は動かされてはいない。


盗み聞きした話によると、『試料』が不足していて、実験ができていないという話だ。

『試料』の生産量が多かった支部が消滅した上に、他の支部で大きな計画が動いているらしく、そちらに『試料』を持っていかれた……ということらしい。


他の支部で動いている計画とやらが気になるので、スライムたちに調べてもらっているが……今のところ、支部の場所は見当がついていない。

『研究所』は研究員たちにすら最低限の情報しか与えず、支部間の物流は何人もの協力者を挟むことで、出処《でどころ》を分かりにくくしているようだ。

もし『研究所』から外に出る者がいれば、スライムに尾行してもらおうと思っているのだが……俺がここに来てからは1人も『研究所』を出る者がいなかったため、まだ尾行はできていない。

この研究所は、『試料』絡みの実験という意味では、ほとんど動いていないに等しい状態だと言っていいだろう。

そのため『研究所』の中では今、紙とペンを使った研究ばかりが行われている。

これ自体に意味がないとは言えないが……俺がイメージしていた『研究所』とは、だいぶ違う感じだ。

もっとあちこちで、呪《のろ》いやら毒物やらが実際に作られているイメージだったのだが。

一応、何人かの研究員が、1ヶ月後に大量の『試料』が送られてくると話していた。

研究員たちはそれを待ちながら、『試料』が届いた後にする実験の準備を進めているというわけだ。

来たばかりの時は、『研究機関』の重要支部に潜り込めたと思ったのだが……もしやここは、軽視されている支部なのではないだろうか。

1ヶ月後に試料が来るという話も、本当かどうか怪しいようだし。

などと考えていると……研究員の1人が声を上げた。

「こんなことやって、意味あるんですかね……？」

そう呟《つぶや》いたのは、俺と同じ研究室の研究員だ。

名前は確か、ネイブルだったな。

「意味があるからやってるんじゃないか？」

「うーん、そうは言うんですけど……俺たちが作った召喚魔法、すでに完成してると思うんですよね。これ以上いじっても、良くなる余地がないっていうか……」

「まあ、一理あるな。我々の術式はすでに完成形と言っていい」

ネイブルの言葉に、研究室長のメニルが頷《うなず》いた。

どうやら、この研究室の研究は、すでにほとんど完成状態と言っていいらしい。

俺は本の解読をしているだけなので知らなかったが……真竜召喚の計画は、そこまで進んでいたのか。

「せっかく作ったんだから、早く実行に移したいですよねー。……その辺、どうなってるんですか？」

「完成報告と必要なデータは半年も前に上げたのに、まだ動きはないね。上は『タイミングを見計らう』って言ってるけど、何を待ってるのか分からないから何とも言えないね」

なるほど、すでに研究は完成していたのか。

にもかかわらず、毎日４時間睡眠で研究を続けさせられているのは、なんだか納得いかないところもあるな。

というか……。

「ドラゴンを手懐《てなず》ける方法が見つかってないのに、実行に移すのか？？」

俺は本を見ながら、そう尋ねた。

俺がこれらの本を解読させられているのは、召喚したドラゴンを手懐ける方法を探すため……という話だったはずだ。

ドラゴンを手懐ける方法の研究が完成していない以上、召喚の準備はまだ完成とは言えないはずだ。

そう考えていたのだが……。

「ああ、ドラゴンを飼いならすのはあんまり期待してないから、待つ予定はないよ。たまたま方法が見つかったらラッキーくらいの感じだね」

「……飼いならせれば、効果は大きいんじゃないか？」

俺としても、真竜を飼いならせる方法があるのなら、気になるところだ。

たとえ『試料』などという非人道的な代物を使うことになるとしても、大陸を丸ごと滅ぼせるような真竜を抑え込めるのであれば、選択肢としては考える必要がある。

別に自分で『試料』を作らなくても、『研究所』を潰《つぶ》してから奪い取るという方法もあるしな。

まあ、『試料』を使って真竜を飼いならす方法があるならの話だが。

「うーん、確かに実現が可能なら効果は大きいし、上には方法を探せって言われてるからやってるんだけど……魔法理論からすると、無理だと思う」

「……そういうものなのか？」

「下級のドラゴンならともかく、ちゃんとした強いドラゴンは無理だね。洗脳系の術式はとても繊細だから、膨大な魔力を持つドラゴンに使おうとしても、簡単に術式が崩壊しちゃうんだよ」

洗脳系の術式か……。
物騒な感じの名前だが、ドラゴン相手に使えるのであれば、なんとかしたいところだ。
まあ、望みは薄そうな感じだが。

「『試料』の力があってもか？」

「……『試料』はとても優秀な魔法触媒だけど、下級ドラゴンが限界かな。……だから、魔法で飼いならすのは無理だと思う」

他の研究員ならともかく、ドラゴン召喚の研究をしている……この『研究所』の中でも最もドラゴンに詳しいであろうメニルが言うなら、そうなんだろうな。

『研究所』が真竜を率いて悪事を働かないというのはいいニュースだが、ドラゴンの危険を防ぐ目的で使える魔法もないということなので、少し残念なところもある。

「まあ、ドラゴンって言っても生物には違いないから、魔法以外の方法で操《あやつ》れる可能性もある」

「魔法以外の方法？」

「ああ。餌で飼いならすとかね。……適当な人間を餌にすれば言うことを聞いてくれるなら、適当に餌を集めてくるんだけど……残念ながら、あまりうまくいかない気がする」

……そういうことか。

まあ、ドラゴンが餌付けできるとも思えないので、考えても仕方がないだろう。

とりあえず、この研究所の中には大した動きがないようだ。

早く尾行対象を見つけて、他の研究所を探す必要がありそうだ。

一応、研究所ごと切り捨てられる可能性も考えて、警戒しておくべきだろうが……そういった動きも見当たらない。

色々と不気味だが、しばらく様子見といったところか。

◇

『研究所』に潜り込んでから3週間が経過した。

いまだに『研究所』内部に目立った動きはなく、いい加減退屈してきた頃だ。

『研究所』の中には気になる本も沢山あるのだが、流石《さすが》に本を盗み出したりスライムが開いたりするとバレてしまう可能性が高いので、本も読めずにいる。

今の本を解読し終わったら、『ドラゴンと関係ありそうなタイトルだ』とかなんとか理由をつけて、気になる魔導書を解読したいところだ。

そんな中……数十人の研究員たちが、『研究所』にやってきた。

メインの入り口から入ってきたので、新入りではなさそうだが……ここに客というのは珍しいな。
彼らは全員、大きな荷物を背負っている。
『スライム、入り口の様子を見られるか？』
『わかったー！』
そう言ってスライムが、入り口へと向かう。
その途中で……研究所の中に、鐘の音が鳴り響いた。
使われている鐘自体は起床時や就寝時と同じものだが、リズムが普段と違う。
「この鐘は……何だ？」
「緊急招集だね。何か面白《おもしろ》いことが始まるみたいだ」
そう言って研究員たちは、大広間へと向かっていく。
俺がそれについていくと……大広間にはすでに、沢山の研究員たちが集まっていた。

壇上には、先程入ってきた男の1人が立っている。

少しして研究員たちが全員入ったのを見て、壇上の男が口を開く。

「これより、気化魔法毒による超大規模試料確保作戦を行う。全員参加だ」

気化魔法毒……この研究所でも研究されていたものだな。

まだ全然完成していないという話だったはずだが……他の研究所で研究が進んだのだろうか。

などと考えていると、壇上の男がまた口を開いた。

「今回使用する濃縮気化魔法毒の扱いには、細心の注意を要する。……今から防護服を配布するから、各自着用すること」

そう言って研究員たちは持ってきた荷物を開き、中にあった白衣のようなものを配り始める。

白衣には魔法陣のようなものが描かれているようだが……これが気化魔法毒を防いでくれるというわけだろうか。

防毒マスクなどではなく、白衣なんだな。

などと考えながら、俺も白衣を着てみた。

……もちろん、大規模試料確保作戦などというものを成功させるわけにはいかないので、妨害する気満々なのだが。


とりあえず、気化魔法毒を壊してしまうのが一番手っ取り早いだろうか。

しかし、バレないようにするというのが難しそうだな。

そもそも今回の研究員たちが持ってきたのは白衣だけで、気化魔法毒自体は別の場所にあるようだし。


「全員、着用したな。……念のために伝えておくが、濃縮気化魔法毒の制御装置が壊れた場合、その防護服は意味がない。効果範囲も制御下の10倍以上に拡大するから、逃げることも不可能だ。したがって、もし作戦中に妨害を受けた場合は、全力で制御装置を守ること」


……制御しないほうが広範囲に被害が出るのか。

わざわざ被害範囲を狭くするのは『研究所』らしくないような気もするが、死体が残らないと『試料』にならないということだろうか？

などと考えていると……。

「壊して範囲が広がるなら、制御なんてしないほうがいいんじゃないか?」

近くの研究員が、小声で呟いた。

どうやら俺と同じ疑問を抱いた者がいたようだ。

その言葉に、近くにいた研究員が答える。

確か……気化魔法毒を研究していた研究員だな。

「魔法毒っていうのは、味方を殺さないようにするのが一番難しいんだよ。無差別に殺すだけなら誰《だれ》でもできる」

「無差別系だと『試料』が回収できないんだよね。死体が鮮度を保ってる間に近付けるようにしないと意味ないし」

なるほど、『試料』も鮮度が大事なのか。

あまり聞きたくない情報ではあったが、ただ殺せばいいだけではないと分かったのは収穫だな。

俺がいた『研究所』では、試料作りの具体的な方法についての話はなかったし。

「それと……今回は大規模作戦ということで『人の姿をした悪魔』の干渉が気になる者もいると思うが、すでに対策は完成している。心配は無用だ」

対策は完成している……？

どう対策しているか分からないところだが、正体も分からない相手を、完全に対策できるものなのか？

それとも俺が『人の姿をした悪魔』だと気付いていて、引き込んだ上で対策をするということか……？

よく分からないが、一応対策があるということだけ覚えておこう。

まずは気化魔法毒のありかを知るところからだな。

破壊が危険だとしても、結界魔法をすり抜けるような代物でないのなら、あえて発動させた上で閉じ込めるような手もありそうだし。

「今回の作戦は、研究所の全支部、全職員が参加する、史上最大規模の作戦となる。詳細は全員集合後に伝えるが、心して参加するように」

……全支部からの参加か。

つまり帰る時に尾行させれば、全《すべ》ての支部を特定して一網打尽にできるというわけだな。

今回の作戦さえうまく失敗に追い込めれば、4時間睡眠の生活ともおさらばだ。

『プラウド・ウルフ、エンシェント・ライノ、スラバード。いつでも動けるように準備しておいてくれ』

『了解ッス！』

『了解した』

『わかった～』

俺は速く動ける魔物たちに指示を出しながら、壇上の男の言葉を待つ。

しかし、次の言葉は、少し予想とは違った。

「第1研究室リミア、第6研究室ミズラ、第12研究室セイシロウ、支部長ウィル……以上の4名は、今すぐ本部に出席してほしい。本部会議だ」

どうやら、俺はメイン部隊とは引き離されてしまうようだ。

俺1人ならそれこそ罠《わな》を疑うところだが……支部長が含まれているあたり、また違った理由な気もする。

一番可能性が高いのは、『エトワスの書』絡みか。

研究機関の本部に入れるのは、『エトワスの書』を読んだ者だけだからな。

などと考えていると、名前を呼ばれた俺以外の3人が、次々に『殲滅者の扉《せんめつ》』を発動し始めた。

『研究機関』の本部は、『殲滅者の扉』でしか入れないのだ。

扉の中で何が待ち構えているのか分からないので、今から本部に入るのは、少し勇気がいる。

しかし、この場でスパイがバレるよりはマシだろう。

「『殲滅者の扉』」

魔法を発動すると、巨大な扉が現れた。
俺はそれを見ながら、プラウド・ウルフたちに指示を出す。

『研究所から出ていく大集団を追跡してくれ』

『了解ッス！』

『分かった～』

俺はプラウド・ウルフたちの声を聞きながら、扉に入る。
そこには、クレドをはじめとする15人ほどの研究員がいた。

「これでエトワスの同志は全員揃《そろ》ったな」

俺の顔を見て、クレドがそう呟く。

どうやら、呼ばれたのはスパイ候補ではなく、エトワスの書を読んだ者だけではなかったようだ。

「本部会議とのことですが……本日の議題は何でしょうか?」

「ああ、議題は簡単な話だよ。本日の作戦で、『三号計画』が完成する」

三号計画……?

初めて聞く単語だな。

「なんと……！　ついにあの計画が動いたのですね！」

「ついに……ついにこの時が……！」

クレドの言葉を聞いた研究員のうち数名は、感激に打ち震えたり、大喜びしたりし始めていた。

だが、意味が分かっていないのは俺だけではなかったようだ。

「三号計画とは何ですか?」

「超大規模な試料確保というお話でしたから、それこそ国を丸ごと『試料』に変えるとか……?」

俺を含む10人ほどの研究員は、クレドの言葉を効いてもキョトンとしている。

その気持ちはよく分かる。

名前だけ聞いても、全くピンと来ないからな。

まあ、『エトワスの同志』はかなり信用されているようだし、説明してくれるのではないだろうか。

そう考えていたのだが……。

「知らない者は、これから見ているといい。あらかじめ教えていたら、楽しみが減ってしまうだろう?」

どうやらクレドは、今回の作戦を教えてくれるつもりはないようだ。

そういうサプライズとかはどうでもいいので、早く教えてほしいのだが。

ついでに、どうやったら止められるのかも教えてくれると助かる。

内容は分からないが、ロクなことではないというのだけは分かるからな。

「……お言葉ですが、何をやるのか分からないことには、貢献することもできません。教えていただけませんか？」

「私も同意見です。大規模作戦ともなれば、ぜひとも協力したい」

「心配しなくても、君たちは十分、作戦に協力してくれたよ。だが……説明はもう少し待ってほしい。情報漏洩《ろうえい》の可能性を、少しでも減らしたいんだ」

作戦のことを知らなかった人間が協力していたということは……他の作戦か何かに混ぜて、今回の計画に必要なものを用意したとかだろうか。

敵を騙《だま》すならまず味方からとは言うが、まさにそれを実行したわけだな。

直接的に危害を加えないから、エトワスの書の呪いには引っかからないのかもしれない。

「エトワスの同志たる我々を、信用していただけないのですか？」

「エトワスの同志を信用していないわけではないが、敵による盗聴の可能性を完全には排除できないからな。……まあ心配しないでも、後でちゃんと説明するさ」

数名の研究員が食い下がったが、説明はしてくれないようだ。

知る人数をできるだけ少なくするというのは、情報管理という意味では基本だが……できれば、その基本は守らないでほしかったところだ。

まあ、作戦の内容自体は、尾行で調べられそうだが。

『しっかり追跡できてるな』

『バッチリッス！』

『こっちも、大丈夫～』

どうやら『殲滅者の扉』の中からでも感覚共有は使えるらしく、俺はスライムたちの様子を見ることができた。

現在、研究者たちの移動は、スラバードが上空から、プラウド・ウルフとエンシェント・ライノが地上から追跡している。

俺自身はここにいるので、偵察はバレにくいだろう。

しかし、魔法転送を行うと、魔力か何かで察知されてしまう可能性もある。

それでも必要な時には魔法転送を行うつもりだが……できれば、俺がスパイだとバレないように、気化魔法毒を阻止したいところだ。

そうすれば、尾行で他の研究所の場所を特定して、一網打尽にできるわけだからな。

潜入が始まる前は、『研究機関』が必ずしも潰すべき組織かは分かっていなかったが……この1ヶ月の潜入で、『研究所』の危険さはよく分かったし。

もし他の研究所の場所に関する情報が早く手に入ったら、だいぶ動きやすくなりそうだ。

俺は考えごとをするふりをしながら、尾行を見守り続ける。

どうやら本部組はしばらくここで待機らしく、研究員たちは仲のいい他の研究員と話したりしていた。

話の内容は、試料を何人確保したとか新しい試料の確保方法が見つかったとか、どこかの国の偉い人を脅して財源を手に入れたとか、ロクでもない話ばかりだが……俺にはそんな話をする友達はいないので、ただ待機だ。


そして数時間後。

研究員たちは、他の研究員たちと合流し、立ち止まり始めた。

どうやら、ここが集合場所のようだが……気化魔法毒と思しき、大きな装置などは見当たらないな。

これから合流する、他の研究所のメンバーが運んでくるのだろうか？

俺はその後も合流を見守るが、６つの研究所メンバーが合流しても、それらしい動きはなかった。

研究所は全部でいくつあるのだろうか。

などと考えていると……ふと俺は、全身に妙な感覚を覚えた。
とはいっても、俺自身の体がそれを感じ取ったわけではない。
敵の動きを監視している、スライムへの感覚共有……つまり、スライムの感覚だ。

『なんか、嫌な感じー』

『きもちわるいー』

スライムたち自身も、気味の悪さを感じているようだ。
これは、気化魔法毒に関係のある現象だろうか。
なんだか、今までに見た呪いなどとも似た感覚かもしれない。
『呪いのような気配を感じるな。……それも、かなり強い呪いだ』
スライムたちが困惑する中、エンシェント・ライノがそう告げた。
やはりこれは、呪いか。

……装置が見えないだけで、気化魔法毒の発動はすでに始まっている可能性もあるな。

そもそも人造真竜の召喚では、研究員たち自身も作戦の全貌を知らされず、召喚された真竜の犠牲となった。

そのことを考えると、まず気化魔法毒という作戦自体が嘘《うそ》の可能性すらあるのだ。

とりあえず、なんだかヤバそうな雰囲気なのは確かだな。

これだけの人数がいれば見失うこともないだろうし、スライムたちを一旦《いったん》退避《たいひ》させるか。

できれば魔法転送は使いたくないので、魔法なしで身を守れるならそれが一番いいしな。

『スライムは全員プラウド・ウルフとエンシェント・ライノに乗って、距離を取ってくれ』

『わかったー』

『了解ッス！』

『了解した』

そう言ってスライムたちは一斉に合流し、研究員の集団から離れ始めた。
集まっての退避も、だいぶ慣れてきた感じだな。
『スラバードは、連中が見えるギリギリの距離まで離れておいてくれ』
『わかった～！』
これで敵を見失ったり、敵の動きに気付けなくなったりする可能性も減らせるだろう。
一応スラバードには、炎魔法適性レベル16のスライムを持ってもらっている。
必要とあれば、スパイがバレる覚悟で『終焉《しゅうえん》の業火《ごうか》』などを打ち込めるというわけだ。
そうしてスラバードが移動している途中で……異変が起こった。
地面が黒く染まり始めたのだ。
それと同時に、次々と研究員たちが倒れ始める。
倒れた研究員は、黒い液体になって地面に吸い込まれていった。

……一体、何が起こっているのだろうか。

『なんか、黒くなってるー！』

『やばそうー！』

『もっと距離を取ってくれ。離れたほうがよさそうだ』

研究員たちは、もう1人も残っていない。
そこにあるのは、黒く泡立つ液体のようなものだけだ。
液体は人だけでなく、周囲の草木も黒い液体に変え、飲み込んでいく。

黒い液体というと、レリオールが蘇生させられた時の人造真竜を思い出すが……あれとは恐らく別物だな。
あれはもっと粘性が低い感じだったし、触れた植物は飲み込まれるのではなく、白く固まっていたはずだ。
同じ『研究機関』が作ったものなので、似た技術を使っている可能性はあるが、同じものとは考えないほうがいいだろう。

そんな様子を見ていると……クレドが告げた。

「始まったようだな。そろそろ行こうか」

そう言ってクレドは、部屋の隅にあった扉を指した。

扉の向こうには草原の景色が広がっていたが……そのさらに奥に、黒い液体が集まっているのが見える。

どうやらこの扉は、研究員たちが吸い込まれた場所に繋《つな》がっているようだ。

扉自体のデザインは『殲滅《せんめつ》者の扉』と同じだな。
だが、通常の『殲滅者の扉』の場合、反対側の景色は見えないはずだ。

「クレド様、この扉は……？」

「私が開いた扉だ。『試料』の力で安定化させて、他の人間も通れるようにしてある」

なるほど、安定化させた特殊な扉だったのか。
この魔法があれば、ある意味瞬間移動が実現することになるが……『試料』が必要な上、エトワスの魔法を使える協力者が必要になるので、なかなかハードルが高いかもしれないな。

黒い液体の拡大は、すでに止まっている。
だが……あまり近付きたくないというのも確かだな。

尾行対象候補だった研究員たちが液体に吸い込まれてしまった以上、俺《おれ》はもう正体を隠す必要がないのかもしれない。

あの液体から研究員たちが復活するとは思えないし、尾行対象がいなくなったのだから、他の『研究所』を特定することもできない。

とはいえ、できればこの液体についての説明を聞いてから裏切りたいところだな。

そう思いながら扉をくぐろうとしたところで、クレドが口を開いた。

「向こうに行く前に、一応宣言しておこう。必要はないと思うがな」

「何でしょうか？」

「今から行く場所で『研究機関』が行っている実験は、私にとって極めて大切なものだ。もし君たち個人の信条に反するようなことがあっても、妨害や干渉はやめてほしいな」

……彼の言葉は、何の拘束力もない、ただの宣言だ。

だが……恐らくこれは、エトワスの書の呪《のろ》いによる縛りを期待したものだろう。

エトワスの書による精神汚染は、同じエトワスの読者への敵対行動を禁じる効果があるようだからな。

まあ、俺はすでにエトワスの書の呪いが解けているので、俺には効果がないのだが。

何か妨害や干渉をすれば、呪いが解けていることもバレてしまうことになるが……その時はその時だろう。


などと考えつつ俺は、扉をくぐる。

自分から危険地帯に立ち入るようで気が引けるところもあるが……何か起きるなら、俺が近くにいたほうが対処しやすいとも言えるからな。

『魔法転送』は確かに強力だが、ケシスの短剣を使えないというデメリットがあるし。

などと考えていると、研究員の1人が、俺の聞きたかったことを聞いてくれた。

「クレド様、あの液体は何でしょうか？」

「極めて強い呪いを感じますが……」

「あれかね？　あれは我々の『研究機関』だよ」

遠くで泡立つ液体を見ながら、クレドはそう告げた。

……何を言っているのか、よく分からないな。

他の研究員たちも、ほとんどはよく分かっていない感じだ。

だが、一部の研究員は液体を見て感嘆の声を上げたり、涙を流したりしていた。

なんだか不気味だな。

「素晴らしい……素晴らしい……！」

「我らの研究が、ついに実を結んだ……！」

喜んでいるのは、先程『三号計画』について知っている様子だった研究員たちだ。

どうやらこの液体が、『三号計画』の目的だったと考えていいようだ。

あれが何なのかは分からない。

だが、ろくでもないものだということは予想がつく。

なにしろ、『研究機関』が作って、大喜びしている代物だからな。

壊し方が分かるなら壊したいところだが、方法が難しいところだ。

解呪魔法を打ち込んでみるという手はあるが……ここまで大規模な呪いが相手だと、あまりうまくいかないような気がする。

魔法転送を使うにしても、解呪魔法は射程が短いので、スライムたちに近付いてもらう必要がある。

あの液体にスライムが飲み込まれてしまう可能性もあるため、できれば避けたいところだ。

解呪魔法ではなく、炎魔法などを撃ち込むという手もある。

普通の液体なら、『極滅の業火』を打ち込めば蒸発するだろう。

しかし、こんな近くで呪いに蒸発されても困る。

風が吹いただけで、簡単にこちらへ流されてくる可能性が高いのだから。

となると……試すべきなのは、まず結界魔法だな。

結界で防げるかどうかで、液体への対処はだいぶ変わってくる。

魔法転送に気付かれるリスクはあるが、魔力という意味だと呪いがかなり目立ってくれているようなので、今ならバレにくいかもしれない。


『魔法転送——対魔法結界』


試しに俺は、スラバードが連れているスライムを経由して、結界魔法を発動してみた。

とりあえず液体の端っこのほうに食い込むように発動させてみたのだが……液体は、結界をすり抜けていった。


やはりレリオール蘇生実験の時と同じく、結界魔法は効かないタイプの呪いのようだ。

呪いというのがどんなものなのかは、よく分かっていないのだが……とりあえず、普通の魔法などとはだいぶ性質が違うのだろうな。

『絶界隔離《ぜっかいかくり》の封殺陣《ふうさつじん》』を試してみたい気持ちもあるが、あれは魔力消費が大きいので、効きそうにない場面では使いたくない。

「あれが、研究機関……ですか？」

彼らは、俺が転送した結界魔法に気付く様子はない。

まあ一応、ここから見えにくい位置に転送したからな。

「ああ。我々を除く『研究機関』の全構成員は、あの液体へと姿を変えた。今や『研究機関』は、あそこにあると言っていい」

「ぜ、全構成員が……⁉」

泡立つ液体を見ながら、研究員たちが驚きの表情を浮かべる。

やけに人数が多いとは思ったが……まさか全員だったとは。

クレドの言葉が本当であれば、もう『研究所』の場所を探る必要はなくなったのかもしれない。

敵の言葉を鵜呑《うの》みにするわけにはいかないが、エトワスの書の縛りが本当であれば、俺たちを騙《だま》すことはできないはずだし。

「ああ。全員だ。私が関《かか》わる計画でエトワスの同志を殺すことはできないから、君たちには待機していてもらったが……加わりたい者がいれば、もちろん加わってもらって構わないぞ。あの液体に飛び込むだけでいい。私もそうするつもりだ」

そう言ってクレドは、液体に向かって歩き始める。

だが、研究員たちがそれを止めた。

「お待ちください。……あなたが死んだら、世界を滅ぼすという話はどうなるのですか？」

「冒険者ギルドを滅ぼすという私の目的に、最後まで協力してくださるのではなかったんですか？」

ギルドの話を出したのは、ウィルだ。

どうやら彼は、エトワスの書に『冒険者ギルドを滅ぼしたい』と願ったようだ。

「もちろん、最後まで協力するつもりだよ。……そして、今日がその最後だ」

「つまり……あの液体が、ギルドを滅ぼすと？」

「ギルドだけではなく、世界全《すべ》てをな。……見たまえ」

そう言ってクレドが、液体を指す。

先程まで無秩序に泡立っていた液体から、小さな魔物が次々に現れていた。

ネズミやウサギといった、弱そうな魔物ばかりだが……魔物が作り出されているのは間違いない。

「魔物……ですか？」

「ああ。あの呪いの中で、魔物は互いに食い合い、殺し合い、進化を遂げていく。……その果てに生まれるものは、君にも予想がつくだろう？」

クレドの言う通り、液体から生まれた魔物は、互いに殺し合っていた。

そして負けた魔物は液体へと吸い込まれ、液体の中からまた新たな魔物が生まれる。

新たに生まれた魔物は、以前より少し大きく、強くなっていた。

そして液体は、魔物が強くなるにつれて、ほんの少しずつ減っている感じがする。

液体がなくなった時に、進化が止まるといったところだろうか。


「ドラゴン……ですか」

「正解だ。計算上、この液体から最終的に生成される魔物は、全てのドラゴンの中でも最上位……古文書に登場する『黒き破滅の竜』と同等の存在になるはずだ。過去の発展した魔法文明すら滅ぼしたドラゴンであれば、今の世界などひとたまりもないだろう」


……ヤバい話になってきたな。

本当に『黒き破滅の竜』が現れるとしたら、ケシスの短剣があっても対抗するのは難しい気がする。

だが、いくら大勢の生贄《いけにえ》と『試料』を使ったとしても、世界を滅ぼすほどのドラゴンが、本当に作れるのだろうか？

なんだか怪しいような気もする。

『研究機関』とは言っても、施設内の監視システムさえ故障してしまうレベルの技術力だったりもするのだし。

とはいえ、それが本当に実現してしまう可能性を考えると、放っておくわけにもいかないだろう。

とりあえず、あそこにあった液体が、魔物に変わったのは確かだ。

呪いの液体に攻撃魔法が効く気はしないが、魔物になら効くだろう。

『エンシェント・ライノ、俺たちに見えない位置から、少しだけ液体に近付けるか？』

『了解した。……どこまで近付けばいい？』

『背中のスライムが危険にならない範囲で近付いてくれ。無理はしないでいい』

エンシェント・ライノ自身は、非常に頑丈な魔物だ。

少々の攻撃ではビクともしないし、呪いや魔法にも恐らく強いだろう。

しかしエンシェント・ライノは呪いの影響で、魔法転送を受け付けないという欠点がある。

そこでスライムを背中に乗せ、スライムに魔法転送をすることになるわけだが……スライムはエンシェント・ライノと違って、魔法や呪いにはあまり強くないのだ。

そのため魔法転送が必要な場面では、エンシェント・ライノはスライムの耐久力に合わせて動く必要がある。

物理的な衝撃に対してはスライムも無敵に近いので、魔法や呪いさえなければ問題はないのだが。

液体から生まれた魔物が射程に入ったところで、俺は魔法転送を発動した。

『魔法転送——解呪・極』

とりあえず、解呪魔法からだ。

液体の見た目からして、とりあえずは試してみたいところだろう。

しかし……放たれた魔法は、液体をすり抜けた。

まるでそこには何もないかのような、完全な素通りだ。

どうやらあの液体は、解呪魔法がターゲットにしている呪いとはまた別の代物のようだな。


『魔法転送――火球』


液体への直接干渉は意味がなさそうなので、次は炎魔法だ。

魔物の数を考えると『極滅の業火』でいきたいところだが、あの黒い液体が蒸発したりすると危ないので、まずは小さめの魔法で小手調べといこう。


炎魔法は俺たちの死角から魔物に当たり、周囲の魔物を吹き飛ばした。

エンシェント・ライノに乗っていたスライムも炎属性適性つきなので、それなりに派手な爆発《ばくはつ》になったが……俺たちの目からは見えない位置なので、気付かれにくそうだな。

魔法は液体には触れず、魔物だけを吹き飛ばしたようだ。

だが、吹き飛ばされた魔物は黒い液体に戻り、元の液体に飲み込まれていった。

とりあえず、魔物自体は倒せるようだ。

魔法が液体に触れられないということは、『極滅の業火』で液体が蒸発するような心配もないだろう。

とはいえ……魔物を液体に戻しても、その液体がまた魔物に変わるのであれば、意味がないのではないだろうか。

……ただ、魔物を作る時に消費される量と、作り直す時に必要な量が違うのであれば、魔物を倒すことに意味がある可能性はある。

魔物を倒すたびに、少しずつ液体が減っていくことになるからな。

しかし、液体の量の変化などを調べるには、『火球』では影響が小さすぎる。

せめてこの範囲全体を焼き尽くせる『極滅の業火』が必要だろう。

問題は、あそこまで派手な魔法を使えば、バレる可能性が高くなってしまうことだ。

自分だけを結界で守った上で『範囲凍結・中』などを撃ち込むだけでも、ここにいる敵を全滅させられる可能性は高い。

もし防がれたとしても、スライムによる包囲があれば、俺のほうが有利に戦えるはずだ。
呪いやら『試料』やらが関係してこなければ、いつでも敵の背後から『魔法転送』を撃ち込めるのは大きい。

『気付かれないように、俺たちを取り囲んでくれ』

『『わかったー！』』

俺はスライムたちに声をかけて、包囲網を作っていく。
問題は、すぐに攻撃を仕掛けるかどうかだな。

エトワスの書には、自分が殺された時に発動し、復讐を果たすような呪いも書かれていた。
ああいった魔法を敵が使っていた場合、下手に攻撃を仕掛けるのは自滅に繋《つな》がってしまう可能性がある。
普通の呪いが相手なら、解呪魔法は効くだろうが……こんなに近距離で呪いが発動したら、解呪が間に合わないかもしれない。

仮にも『研究機関』のトップを含む幹部陣、それも厄介な魔導書を読んでいるような人間たちが相手なので、警戒を緩めるわけにはいかないだろう。

一番いいのは、彼らが自分から液体に飛び込んでくれることなんだけどな。

先程までの話の流れだと、研究員たちは自分から液体に飛び込むつもりのような感じだった。

そのことを思い出してくれればいいのだが……。

「ふむ……これはなかなか面白《おもしろ》いな。もう少し見ていてもいいかもしれない」

「はい。生贄に加わるのは、本当にドラゴンが生成されるのかどうかを確認してからでも遅くないかと。……しかし、あの呪いは、生成の途中でも我々を受け入れてくれるのですか？」

「わずかでも液体が残っているうちであれば、心配はいらないはずだ。我々ほどの魔格を持つ者が生贄に加われば、ドラゴンはかなり強くなってくれるだろう」

どうやら彼らは魔物生成を観察するために、生贄に加わるのを遅らせるつもりのようだ。

……できれば液体への対処だけに集中したかったのだが、そうもいかないようだ。

しかし、ドラゴンの強さという意味では、少し嬉《うれ》しい情報が出たな。

これから召喚されるドラゴンの強さが『黒き破滅の竜』と同等だという話は、クレドたちの勘違いである可能性が高い。

もし本当に『黒き破滅の竜』のような力を持った存在が生まれるのだとしたら、人間がたった数人追加された程度で、力に影響があるわけもないのだ。

まあ、そもそもクレドたちが『黒き破滅の竜』の強さを知っているわけがないのだから、当然といえば当然だろう。

真竜に関する情報は、『研究所』の中にもあまり沢山はなかった上……実際に戦った経験から考えると、間違いの可能性が高い記述が多かったのだ。

以前に召喚された人造真竜も、『研究所』の中では高位のドラゴン……真竜に分類されるものとして挙げられていたが、実物の力は真竜とは程遠いものだった。

本物の真竜の翼が、ケシスの短剣を使ったわけでもない『破空《はくう》の神雷《しんらい》』一発で吹き飛ぶはずもないのだし。

とはいえ、たとえ劣化版であろうとも、真竜に近い存在が生成されれば厄介なことに変わりはない。

前に出てきた人造真竜も、『破空の神雷』一発では翼しか壊せなかったわけだしな。

あれの強化版が出てくるだけでも、強化度合いによってはかなりの脅威だ。

生成を止められるのであれば、止めておきたい。

そう考えて、俺はまず気を引くことにした。

気を引きながら液体についても調べられる、一石二鳥の魔法があるからな。

『魔法転送——極滅の業火』

俺はエンシェント・ライノに乗ったスライムに、極滅の業火を転送した。

巨大な炎が液体を覆《おお》い、生成されていた魔物（ネズミやウサギはすでに全滅し、イノシシのような魔物などがメインになっていた）を焼き尽くしていく。

俺は驚くふりをして、少し後ずさる。

これで他の研究員から、少しだけ距離を取れたわけだ。

突然吹き上がった炎を見て、研究員の1人が声を上げた。

「あ、あの炎は一体……⁉」

「ドラゴンが生成される時には、炎が吹き出すという噂がありますが……魔法のような雰囲気がある炎ですね」

研究員たちが驚く中、クレドは険しい目線で炎を見つめる。

炎が晴れた時、生成されていた魔物は全て消滅し、後には泡立つ液体だけが残っていた。

「魔物が……消えた……？」

「ドラゴンは、一体どこに……」

育っていた魔物が消えてしまったのを見て、研究員たちがうろたえ始める。

当然、ドラゴンの姿など見当たらない。

「状況を考えると……『人の姿をした悪魔』による襲撃の可能性もあるな」

「『人の姿をした悪魔』⁉　まさか、この場所を特定されたのですか⁉」

クレドの言葉を聞いて、研究員が驚きの声を上げる。
しかし、クレドは落ち着いた様子だった。
まるでここが襲撃を受けることを、予想でもしていたかのように。

「研究員を全員動かして派手にやったのだから、場所を知られるのは仕方がないだろう。……だが、慌てる必要はないぞ。見ろ」

研究員たちが見守る中……泡立つ液体から、ネズミの魔物が現れ始めた。
先程……魔物の生成が始まった時と同じような現れ方だな。
やはり魔物を倒すだけでは、生成は止まらないようだ。
問題は液体の量だが……減っている感じは全くしないな。

最初に魔物の生成が始まった時と、変わらないような気がする。

「魔物が、また生まれ始めましたね」

「ああ。ひとたび術式が起動した以上、いくら魔物を倒そうが意味がない。……進化はリセットされるが、またすぐに進化が始まるだけだ」

『研究機関』が総力を挙げて……それこそ構成員全てを生贄に捧げてまで作っただけあって、厄介な代物のようだ。

魔物がある程度進化するたびに『極滅の業火』を撃ち込めば、魔物が生成されるのを遅らせるくらいはできそうだが、液体がなくなる前に俺の魔力が尽きるだろう。

液体が全てなくなりさえすれば、魔物を倒しても再生は行われないような気もするので、それを待つしかないか。

「しかし、何の前触れもなく攻撃を受けるというのは、不気味ではあるな。……目に見えないだけで、何かいるのか？」

そう言ってクレドは、あたりを見回す。

エトワスの書には、隠蔽《いんぺい》魔法を破るような魔法はなかったはずだ。

スライムは隠蔽魔法を使っているので、見つからないと思いたい。

とはいえ、クレドが知っている魔法は、エトワスの魔法以外にもあるだろう。

そういった魔法を使われたりしたら、どうなるかは分からない。

とりあえず今のところ、先程の『極滅の業火』はバレていないようだが……。

などと考えていると、クレドが口を開いた。

「ところでセイシロウ、君は先程の炎に対して、あまり驚いていなかったような気がするが……気のせいか？」

「いや、驚いたが……」

「そうか。私の勘違いだったようだな」

よく見ているな。

魔法転送自体は隠せても、リアクションが少しわざとらしかっただろうか。

残念ながら俺のスキルに『超級戦闘術』はあっても、『超級演技術』などというスキルは存在しない。

だから俺は、演技が苦手だ。

もし演技が得意だったら、王都王立学園でも、もうちょっと無難に振る舞えたような気がするしな。


しかし、今ので目をつけられてしまった。

次に魔法転送を使ったら、それこそバレるだろう。

やはりエトワスの魔法による反撃を覚悟で、先制攻撃を仕掛けるべきか……？

そう思案していると、クレドが突然動いた。

手に持った何かを、俺に向かって投げつけたのだ。

「対物理結界」

俺はとっさに結界魔法を発動し、それを防いだ。

クレドが投げたもの……何らかの液体が塗られたナイフが、結界に当たって落ちた。

もし結界魔法を使っていなければ、ナイフはそのまま直撃していたことだろう。

「驚いたな。まさか投げられるとは」

クレドは自分の手を見て、驚きの表情を浮かべている。

まるでナイフを投げた、自分自身が信じられないとでも言うように。

「クレド様、どういうことですか？　エトワスの同志には、攻撃を仕掛けられないはずでは……」

「その通りだ。だが私は、セイシロウにナイフを投げつけることができた。つまり……彼は同志ではないということだ」

「……しかし私は、彼が『殲滅者の扉』を開くのを見ました。同志でないということはあり得ないはずです……！」

さて、どうすべきだろうか。

バレた以上、『範囲凍結・中』を撃ち込むべきかもしれないが、なんだか嫌な予感がする。

敵があまりにも無防備すぎる感じがするのだ。

ナイフを投げつけた以上、俺からの反撃が来るのは当然なのに、クレドはそれに備える様子が一切《いっさい》ない。

まるで、殺したいなら勝手に殺せとでも言わんばかりに。

これと似たような感覚は、以前にも感じたことがある。

『救済《きゅうさい》の蒼月《そうげつ》』の連中が一斉に自害し、村に仕込まれた自爆装置を起動した時だ。

となると……使うべき魔法はこれだな。

「竜翼《りゅうよく》の祝福」

俺が魔法を発動すると、背中に炎のようなものでできた翼が現れる。

これはエトワスの書に書かれていた、飛行魔法だ。

魔力消費はそれなりに多いが、距離を取りたい場面では最高の魔法と言っていいだろう。


俺は魔法で、斜め上に向かって加速する。

敵の姿が、あっという間に遠ざかっていく。


とりあえず500メートルほど距離が離れたところで、俺は魔法を解除した。

どうせなら一気に距離を取るという選択肢もあったのだが、この魔法はとても魔力消費が多い。

以前に試した時の感じだと、12キロほど飛ぶだけで魔力がゼロになる計算だ。


そのため、むやみに長距離を飛ぶわけにはいかない。

魔力がゼロになっても魔法は使えるが、逃げるためだけに魔力を使い果たすのは考えものだ。

召喚を止められそうにない以上、これから人造真竜との戦いも想定しなければいけないわけだからな。


「と、飛んだ……⁉」

「背中に翼が見えた。恐らく『竜翼の祝福』だろう」

「魔力消費が多すぎて、使えない魔法のはずでは⁉」

スライムたちは敵の近くに残っているので、『感覚共有』で敵の声は聞こえる。

竜翼の祝福が使えない魔法扱いということは、彼らの魔力はそこまで多くないのだろう。

『スライム、合体しながら、敵から距離を取ってくれ。スラバードは、いつでもスライムを持って引き上げられる位置で待機だ』

『『わかったー！』』

『わかった～』

俺は『竜翼の祝福』でついた勢いで空を飛びながら、スライムたちの安全を確保するために指示を出す。

とはいえ、敵の魔法が主に『エトワスの書』によるものだとしたら、スライムたちが巻き込まれる可能性は高くない。

あそこにあった呪いの類は、特定の対象にだけ効果を及ぼすものばかりだったからな。

普通の魔法であれば結界魔法で防げる。

警戒すべきは、結界魔法が通じない呪いなどだ。

一応、今までに遭遇した呪いは俺には効かないものばかりだったが……これからもそうだとは限らないからな。


などと考えながら近付く地面を見て、着地の準備をする。

このまま地面に激突したら、下手をすれば落下死だからな。


「衝撃緩和」


俺は衝撃を受け止める魔法を発動しながら着地した。

一応、『超級戦闘術』は着地の時にも効いているようなので、魔法なしでも耐えられる可能性もあるが……着地は『戦闘』ではないので、あまり信用はできない。

薪割りと違って、武器を使うわけでもないしな。

「先程の魔法と『竜翼の祝福』を使いこなす魔力……そんなものを持つ人間は、1人しか考えられない」

「……『人の姿をした悪魔』ですか……」

敵は俺のほうを睨《にら》みながら、そう話している。
これから何をしてくるかは分からないが……できれば、もうちょっと距離がほしいところだな。
相手が何をしてくるにしても、距離があれば対処の時間を取れるし。

『プラウド・ウルフ！』

『出番ッスね！』

そう言って近くの岩陰から、プラウド・ウルフが姿を現した。
先程の『竜翼の祝福』は、プラウド・ウルフの近くに落ちるように調整していたのだ。

『プラウド・ウルフ、敵……』

『逃げるッスね！』

プラウド・ウルフに乗った俺は、『敵から離れてくれ』と指示を出そうとしたのだが……まだ指示を出してもいないうちから、プラウド・ウルフは一目散に逃げ始めた。

何をすべきかを言われる前から理解している、優秀な魔物……そういうことにしておこう。

「しかし、なぜ『人の姿をした悪魔』は、我々に敵対できたのでしょうか？」

「まさかエトワスの書による呪《のろ》いには、何らかの抜け穴がある……？」

俺《おれ》が距離を取るのを見ても、敵は追いかけてくる様子を見せなかった。

彼らは困惑しつつも、眼の前で起きた現象について話している。

『研究機関』というだけあって、こういったところは研究者らしいかもしれない。

「……抜け穴がないとは限らないが、呪いが解けた可能性がありそうだな」

「解呪魔法……いや、魔導書に誓った条件の達成……!?」

「ああ。あれだけの力を持ち、何の罪もない『研究所』を滅ぼすような、倫理も良心もない存在だ。滅ぼしたいと思った対象をすでに滅ぼし終わっていたとしても、何の不思議もないだろう」

……うーん。

倫理も良心もないのは、『研究機関』のほうだと思うのだが。

ついさっきも、味方であったはずの『研究機関』メンバーを、全員まとめて真竜召喚のための生贄《いけにえ》にしていたわけだし。

「あ、悪魔だ……！」

「彼こそが、人類の敵……！」

いや、人類の敵はクレドのほうだと思う。

何しろ、人類全《すべ》てを滅ぼすとエトワスの書に誓い、そのために真竜を召喚しようとしている真っ最中だからな。

もしかしたら彼らは、疲れが吹き飛ぶ薬の飲みすぎで、思考を歪《ゆが》められてしまったのかもしれない。

「……まあ、奴《やつ》が我々の目の前に現れてくれたのは、幸運とも言える。……顔は覚えただろう？」

「確かにそうですね。……我々が目的を達する前に、最後の懸念事項を排除する好機です」

やっぱり、そう来るよな。

しかしプラウド・ウルフが必死に走ったおかげで、俺と敵の間の距離はすでに2キロ近くになっている。

この距離で攻撃する手段を、敵は持っているのだろうか。

「ああ。もし彼が自分から我々を殺しに来てくれれば手っ取り早かったのだが……エトワスの書を読んでいるだけあって、そこまで愚かではなかったらしい」

やはり、殺されると罠《わな》が発動するような形になっていたんだな。

一応、敵が盗聴に気付いた上でハッタリをかましている可能性もなくはないが、魔導書にもそういった記述はあったので、ハッタリではないような気がする。

「そのようですね。では……私からいきましょうか」

そう言って敵は、ナイフを取り出す。

昔なら、敵が何をするか予想できなかったところだが……いい加減慣れてきたので、この後に起こることはだいたい予想がつく。

問題は、敵の自害を止めるべきかどうかだ。

火球などを撃ち込むのは、恐らく逆効果だろう。自害を手伝うだけの結果になる。

先程言っていた、罠の呪いか何かを発動させてしまうだけだ。

となると、止めるには魔力投網《とあみ》などの魔法を使うことになるが……そうすると、スライムの位置がバレてしまう。

スライムは俺と違って呪いへの耐性がないため、スライムが『人の姿をした悪魔』の正体だと思われて呪いを受けるような事態は避けたい。

敵からさほど離れていないスライムに向かって呪いが発動するより、距離がある俺に向かって発動してくれたほうが対処しやすそうだ。

そう考えると、自害は下手に止めないほうがいいだろう。

発動した呪いに対して、対処を取ればいい。

自害の瞬間に起こることを見逃すまいと、俺が『感覚共有』に意識を集中していると……クレドが、ナイフを取り出した研究員の手を掴《つか》んだ。

「待ちたまえ。君1人がそんなことをしても、無駄死にに終わる可能性がある」

自害を止めるパターンか。

この手の組織としては、逆に新鮮かもしれない。

しかし、先程の流れからすると……。

「敵の強大さを考えるべきだ。1人分の呪いで、彼を殺せると思うかね？」

そう言ってクレドは懐《ふところ》から、小さな錠剤のようなものをいくつも取り出し、研究員たちに配り始めた。

恐らく、毒薬か何かだろう。

「全員、覚悟はできているかね？」

「はい。最高のタイミングでこの命を捧げられて、研究者冥利に尽きます」

「奴らが滅ぶのをこの目で見られないのは残念ですが、それはドラゴンに任せるとしましょう」

「私はクレド様についていきますよ」

全員で自害してきそうな感じだな。

何か厄介な呪いか魔法が飛んでくるのを覚悟したほうがよさそうだ。

「では一斉にいくぞ。３、２、１……」

そう言って研究員たちが、一斉に錠剤を噛《か》み砕《くだ》いた。

彼らはすぐさま地面に倒れ込み……その体から、黒いもやのようなものが現れた。

解呪を試すなら今だな。

『魔法転送――解呪・極！』

スライムを介して魔法を発動すると……黒いもやが吹き飛ばされ、白く輝く煙のようなものに変わった。

その煙は、俺がいる方向に向かって飛んでくる。

飛ぶ途中で、煙は黒いもやに包まれ、解呪する前と同じような状態に変わった。

どうやら呪い自体は解呪できるものの、呪いの源となる煙までは消せないようだ。

煙が新たな呪いを生み出せなくなるまで、解呪魔法を何度も撃ち込めば、消せるだろうか？

しかし、ある程度は呪いを浴びることになるな。

などと考える途中で……俺はいい逃げ方を思いついた。

『プラウド・ウルフ、止まってくれ！』

『りょ……了解ッス！』

プラウド・ウルフが止まるのを確認して、俺は魔法を発動する。
敵が追いつけないであろう逃げ場に繋《つな》がる、扉を作り出す魔法だ。

「殲滅《せんめつ》者の扉」

俺の目の前に、巨大な扉が現れた。
殲滅者の扉の中が、この世界のどこかなのか、異空間なのかは知らないが……どこか遠い場所に繋がっていることは確かだ。
逃げ場としては最適だろう。

『扉の中に隠れるんだ！』

『りょ、了解ッス！』

そう言ってプラウド・ウルフは、俺を乗せたまま『殲滅者の扉』に飛び込んだ。

この扉は俺が通ると消えてしまうが、扉がある間はテイムした魔物が通れることは、スライムで確認済みだ。

この手は、スライムを守るのにも使えるかもしれないな。

魔法転送で扉を出せば、スライムたちの一時避難場所を作れることになる。

扉が大きくて非常に目立つという問題はあるが、選択肢の一つとしては持っておきたいところだ。

などと考えつつ俺は、スラバードの視界で、俺がいた場所を確認する。

すでに扉は消えているが……先程の光る煙は、扉があった場所で止まっているようだ。

これで撒《ま》けただろうか。

そう考えていると……煙の前に、小さな扉が現れた。

小さくはあるが、デザインは『殲滅者の扉』と同じだ。

ほぼ同時に、俺たちがいる部屋の隅に、それと同じ『殲滅者の扉』が現れた。

どうやらあの煙も、こちらに来られるようだ。

原理は分からないが、厄介だな。

『プラウド・ウルフ、離れてくれ』

『了解ッス！』

そう言ってプラウド・ウルフは部屋の隅に隠れ、小さく縮こまり始めた。

あの煙の狙《ねら》いは明らかに俺なので、プラウド・ウルフには離れてもらっていたほうがいいだろう。

「解呪・極！」

俺は扉から煙が出てきたタイミングで、解呪魔法を打ち込んだ。

黒いもやが消え、後に残った白い煙が、俺に近付いてくる。

「解呪・極！」

俺は近付いてくる煙に、解呪魔法を連発する。
先程の魔物生成とは違って、解呪されたもやが、白い煙に合流するようなことはない。
白い煙が全ての力を失うまで解呪で持ちこたえれば、煙は無効化できるだろう。

そう考えていると、声が聞こえた。

「追い詰めたぞ、『人の姿をした悪魔』よ！」

「ふははは！　体が軽い！　これが呪いと化した気分というものか！」

どうやらこの煙には、連中の人格が残っているようだ。
喋《しゃべ》る呪いというのは初めて見たな。
この世界には、色々と不思議な魔法があるようだ。

などと考えつつも俺は、解呪魔法を発動する。

「解呪・極！」

煙はまっすぐ俺に向かって近付いてくるため、解呪魔法を当てるのは簡単だ。

しかし、解呪魔法が当たっても周囲のもやが消えるだけで、白い煙本体に影響はない。

煙はあっさり俺の元にたどり着き、俺の体にまとわりつき始めた。

「ふははは！　これで貴様も終わりだ！」

「古文書に記されし呪いの真価を味わうがいい！」

そう言って『研究機関』の幹部だった呪いたちは、俺の体の周りをぐるぐると回る。

しかし、俺には特に何の異常もない。

痛みも、痒《かゆ》みも、それどころか何かが触れている感覚もない。

呪いというのは、こういうものなのだろうか？

何も感じないまま、体や精神に影響を及ぼすような効果があるのだろうか？

エトワスと言っていないあたり、エトワスの書とは違う呪いなのだろう。
俺以外の『エトワスの同志』が全員知っていたということは、それなりにメジャーな呪いなのかもしれない。

「解呪・極」

よく分からないが、とりあえず解呪魔法を打ち込んでおいた。
あの黒いもやは、体に悪そうだしな。

などと考えていると……煙たちが喋り始めた。
だが先程までとは様子が違う。

「何故《なぜ》だ！　何故入れない！」

「クレド様、魔力圧が高すぎます！」

「押し返される……！」

どうやら彼らはうろたえているようだ。

魔力圧が高すぎるというのは初めて聞くが……今までに何度かあった、魔力量の関係で呪いが効かないのと似たような現象だろうか。

彼らの狼狽が演技でないのなら、俺にはこの呪いも効かないことになるな。

「馬鹿《ばか》な！　竜の魔導書には、この魔法に抵抗できる人間などいないと書かれていたはずだ……！」

「じ、時間がかかっているだけかもしれません！　人間の魔法抵抗力は有限のはず！　この人数の呪いを受け続けて、魔力圧を保てるはずが……！」

竜の魔導書……初めて聞く名前だな。

俺がいた研究所にあった本は一通りタイトルを覚えているが、竜の魔導書なんて本はなかったはずだ。

名前からすると、ドラゴンが絡《から》む魔導書という感じがするが……もしかしてレリオールの蘇生や魔物召喚の呪いも、その魔導書を参考にして作ったのだろうか。

どちらもドラゴン絡みだし、解呪魔法だけで全部消すことができないという点は、レリオールの時の魔法と同じだからな。

などと考えつつも、やはり俺は解呪魔法を発動する。


「解呪・極」


解呪を使っても敵の本体が消えることはないが、やはり黒いもやだけはなくなっているので、案外これが効果を発揮しているのかもしれない。

しかし、この解呪はいつまで続ければいいのだろうか。

『解呪・極』自体は別にさほど魔力消費が多い魔法ではないので、無駄に沢山撃つ分には問題がない。

だが、これから一生ずっと、数分おきに『解呪・極』を使わなければならないとなると、流石《さすが》に困る。

そもそも、敵が作った召喚魔法……例の進化する魔物が現れる液体の問題は、まだ解決していないのだ。

すでに液体はだいぶ減り、生成される魔物は下級のドラゴンや大型のグリフォンなどといった、いかにも強そうな魔物になっている。

液体がなくなるのも時間の問題だろう。

魔物が進化するたびに『極滅の業火』を使えば時間は稼げるかもしれないが、それを何度も繰り返せば、液体がなくなった後の……恐らく生成される真竜との戦いに回せる魔力が減ってしまう。

だから、できればこの呪いの件はさっさと終わらせて、そちらの戦いに臨みたいのだ。

流石にこの呪いを引き連れたまま、スライムを乗せたりしたら危なそうだしな。

などと考えていると……白い煙たちが苦しみ始めた。

「ぐ、う……！」

「力が……力が抜けていく……！」

そう言って1つ、また1つと、白い煙たちは空気に溶けるようにして消滅していく。

どうやら、この煙の寿命は永遠ではないようだ。

もしかしたら解呪魔法で黒いもやを吹き飛ばしていたのも、敵の寿命を縮めるのに役立っていたのかもしれない。

「て、敵から一度離れるんだ！　一度立て直しを……！」

「魔力圧にやられる前に、何か作戦を……」

「解呪・極」

弱っている煙に解呪魔法を当てると、黒いもやが消えた。

そして……。

「ぐ、ぐあああああぁぁ！」

黒いもやを失った白い煙も、また溶けるようにして消えてしまったようだ。

どうやら彼らにとって、呪いの黒いもやは必要なものだったようだ。

「解呪・極、解呪・極、解呪・極」

俺は弱々しく離れていこうとする煙たちに、解呪魔法を浴びせ続ける。

すると煙たちは逃げ切ることができず、一つを残して消えてしまった。

……結局、あの呪いたちは、何もできずに俺の周りをぐるぐる回るだけだったな。

やはり呪いの類は、効きにくい体質だったのか。

などと考えつつ俺は、最後に残った煙に解呪魔法を浴びせる。

「解呪・極、解呪・極、解呪・極……」

「……もはや、ここまでか……！」

最後に残った煙は、クレドの声だった。

やはり『研究機関』のトップだけあって、生み出せる呪いも一番強かったようだ。

まあ、強かろうが弱かろうが、消えるまで解呪魔法を打ち込み続けるだけなのだが。

「我々が滅ぼうとも、結果は変わらない！　止められるものなら止めてみるがいい……最強のドラゴン、黒き破滅の……」

「解呪・極」

最後まで言う前に、クレドは消えてしまった。

恐らく『黒き破滅の竜』と言いたかったのだろう。

などと考えつつ俺は、スラバードの視界から呪いの様子を観察する。

そこでは沢山の小型ドラゴンが、互いに殺し合っていた。

雰囲気からすると、恐らく真竜ではなく普通のドラゴンだな。

今ならまだ、炎属性適性つきの『極滅の業火』で倒せそうだ。

前に試した時には、あまり液体が減った感じはしなかったが……進化がある程度進んだところで邪魔すれば、また違った結果になるかもしれない。

うまくいけば真竜の出現自体を防げるとなれば、『極滅の業火』1発分くらいの魔力を実験に使う価値はありそうだ。


『魔法転送――極滅の業火』


俺が魔法を撃ち込むと青白い炎が放たれ、殺し合っていたドラゴンを焼き尽くした。

炎魔法適性16のスライムへの魔法転送なので、真竜ではないドラゴンではまず生き残れないだろう。


「……減ってない感じだな」


炎が晴れて姿を表した液体は、見た目だと減っていない感じだった。

とはいえ、容器に入っているでもない液体の量など、見た目で正確に測れるわけがない。

そこで俺は、ドラゴンの数を数えておいた。

ギザギザした感じの、赤いドラゴンが9匹。

それが『極滅の業火』を撃ち込む前に、あそこにいたドラゴンの数だ。

もし次に進化がドラゴンまで進んだ時、ドラゴンが弱そうになっていたり、数が減っていたりしたら、進化の途中で邪魔をする作戦は有効だということになる。

とりあえず、進化が進むまで待つとするか。

とはいえ、その間にすべきこともあるな。

『スラバード、エンシェント・ライノ。スライムを連れて、周りに人がいないかどうか確認してきてくれ』

『わかった～』

『了解した、主よ』

真竜が現れるにしろ現れないにしろ、この確認はしておきたいところだ。

派手な魔法を沢山使うことになるし、もし真竜との戦いになるなら、それこそ周りに被害が及ぶ可能性は高いからな。

一度『極滅の業火』で進化をリセットしたのは、この確認がしたかったという理由もあるのだ。

◇

『だれもいなかったよー！』

『人間はおろか、人の痕跡もほとんどなかったぞ。……わずかに残った痕跡は、先程の連中のものだろう』

しばらく経《た》って、スラバードとエンシェント・ライノが戻ってきた。

どうやら、このあたりは無人地帯のようだ。

もしかしたら『研究機関』が、『どこに召喚しようが世界全体を滅ぼせるドラゴンなのだから、邪魔が入りにくい場所でやろう』とでも考えたのかもしれない。

いずれにしろ、俺にとっても戦いやすくてありがたい。

放っておけば誰《だれ》かが倒してくれるのであれば、逃げるのが一番いいのだが……今のところ、真竜を倒してくれそうな人は見つかっていないしな。

周辺の調査をしているうちに、魔物の進化もだいぶ進んだようだ。

液体の中では、なんだか見覚えのある小さなドラゴンが、互いに殺し合っている。

数を数えたのはもう少し強そうな、ギザギザした感じのドラゴンなので、もう少しの間進化待ちだな。


『スライム、10匹に分かれて、散らばっていてくれ』

『分かったー！』


俺は真竜との戦いに備えて、陣形を整え始めた。

スライムを沢山散らばらせると、1匹あたりの防衛に使える魔法が少なくなってしまう。

そのため、真竜のような攻撃力を持った魔物が相手の場合、スライムは合体で10匹くらいにしておくのが都合がいいのだ。

同時魔法転送が必要になったら、その時だけ分裂してもらえばいいしな。

などと考えながら観察していると、段々と先程のギザギザしたドラゴンが生まれ始めた。

それから10秒ほどで、弱そうなドラゴンたちはギザギザドラゴンによって全滅に追い込まれ、液体からはまた新たなギザギザドラゴンが生まれる。
そうして……液体の中にいる魔物が全てギザギザドラゴンに変わった時、そこには9匹のドラゴンがいた。

「……やっぱり、減ってないな」

どうやら液体がなくなる前に魔物を殲滅しても、液体を減らす効果はないようだ。
やはり液体がなくなるまでは勝手に進化してもらって、出てきた真竜か何かを倒すしかないな。
できれば、弱い魔物だとありがたいのだが……そのあたりは、俺にはどうしようもない部分だ。
今のうちにできることをやっておくとするか。

『スライム、研究所に入り込んで、魔導書っぽい本を片っ端から読んでくれ』

『『わかったー！』』

返事をしたのは、『研究所』の付近に潜《ひそ》ませていたスライムたちだ。

研究員がいない間に魔力反応がバレたりするとまずいので、『研究所』の中のスライムは全て外に出てもらっていたのだが……研究機関の人間がいなくなった今なら侵入し放題だからな。


スライムたちが侵入し、本を片っ端から読んでいくが、習得できる魔法はあまり多くない。

まあ、今までに読んだことがない魔導書も、書いてある魔法も習得済みのものが多いのだろう。

違う本でも、同じ魔法が書いてあるようなことは多いからな。


一応ドラゴンに関する研究も行っていただけあって、ドラゴンに関する本はそれなりに多いような気がするが……ドラゴンに対抗できるような魔法は見当たらない。

まあ、真竜対策では『破空《はくう》の神雷《しんらい》』よりいい魔法が見つかる期待は、あまりなさそうだが。

そんな魔法があるならすでに何らかの情報があっていいところだし、『研究機関』は真竜の召喚に関する研究はしていても、真竜との戦いは専門外な印象だったからな。


しかし、呪いやその対策に関する本には、少し期待したいところだ。

呪いに関する研究は、『研究所』が得意とする分野だからな。

俺自身が呪いを使うかはともかく、呪いから身を守る方法に関しては、かなり期待できそうな気がする。

もちろん、『試料』が必要な方法ばかりが出てきたら、俺にとってはあまり役に立ちそうにない。

『研究機関』が作った『試料』はあの魔物召喚で全て使われてしまっただろうし、新たに『試料』を作るわけにもいかないからな。

だが……普通の魔法などでなんとかなるなら、俺にも使えそうだからな。

スライムが本を読むのを見守っていると、魔物たちの進化もだいぶ進んできた。

すでに魔物たちはギザギザドラゴンの段階を突破し、今は凶暴そうな赤黒いドラゴンが、2匹で戦っている。


赤黒いドラゴン達は、互いに火を吹いたり翼で殴り合ったりしている。

炎の威力を見る限り……今でさえ、あのドラゴンの攻撃力は真竜に近いな。

黒い液体も、残り僅《わず》かだ。


そして、ついに片方のドラゴンがもう1匹に食い殺され、液体へと戻ると……生き残ったドラゴンに、黒い液体がまとわりつき始めた。

液体を吸い取るようにしてドラゴンは姿を変え……ついに、黒い液体が消費し尽くされる。

そこにいるのは、黒いドラゴンだった。

「……黒き破滅の竜……なのか？」

黒き破滅の竜の姿は、文献にも残っていない。

そのため、見た目が合っているかどうかすら分からないが……とりあえず、黒いドラゴンなのは確かだな。

液体を消費しきる前のドラゴンですら、真竜クラスの力を持っていたことを考えると……黒き破滅の竜かはともかく、『人造真竜』とは呼んでいい相手だろう。

などと考えつつ俺は、もうどこにも液体が残っていないことを確認する。

液体が残っていたら、もし倒せても、また最初からになってしまう可能性があるからな。

一応、液体が全てなくなった後でさえ、何度でも液体に戻って復活するという可能性はなくもないが……流石《さすが》にないと思いたいところだ。

もしあの液体がそんな無敵の代物だったら、液体を丸ごと宇宙にでも打ち上げる方法を探さなければならなくなる。

しかし、今までに俺が見つけた魔法の中に宇宙っぽい名前のものはなかったので、望みは薄いだろう。

「魔法転送――破空《はくう》の神雷《しんらい》」

液体がないのを確認し終えた俺は、エンシェント・ライノに乗ったスライムに『破空の神雷』を転送した。

真竜に対して最も有効な魔法は恐らくこれだし、まずはこれが効くかどうかを試してみたい。

そう考えて放った『破空の神雷』は……ドラゴンの翼を、あっさり貫いた。

「ゴアアアアァァ！」

『破空の神雷』の爆発《ばくはつ》で、ドラゴンの翼が砕け散る。

そして、破壊された翼は……黒っぽい液体に変わった。

だが、先程の黒い液体とはまた違った感じだ。

だいぶ粘度が高いというか……スライムの体が、物理的攻撃を受けた時の様子と似ている。

液体と言うよりは、粘体とでも呼ぶべきだろうか。

そして……その後で起こったことも、スライムに対する物理的攻撃の場合と同じだった。
翼があった部分に粘体が集まり、黒い翼の姿に戻ったのだ。

『なんか、治ってるー！』

『ぼくたちと、なんか似てる……？』

『……似ているといえば似てるな』

正直なところ、『破空の神雷』がそこまで効かないというのはなんとなく予想していた。
真竜としてそれなりに強い相手なら、『ケシスの短剣』を使っていない『破空の神雷』で致命傷を与えることはできないからな。
遠くから魔法を撃ち込むだけで倒せる相手なら、何も苦労はしていないのだ。

とはいえ、今までに見たのは『破空の神雷』のダメージに敵が耐えきるパターンであって、『壊れるが、復活する』というパターンは初めてだ。
しかも、物理的攻撃にしか耐性を持たないスライムと違って、あのドラゴンは雷魔法にも耐性を持っているようだ。
なかなか厄介だな。

などと考えていると……ドラゴンがこちらを向いた。
その目には、明らかな敵意が宿っている。
ドラゴンから見ると、今の攻撃を放ったのは魔法転送の対象になったスライムであって、俺ではないはずなのだが……俺が魔法転送の大元だということに気付いているのだろうか。

『スライム、分裂してくれ！』

『『『わかったー！』』』

俺の言葉を聞いて、肩に乗っていたスライムたちが一斉に分裂した。
こうすることによって『魔法転送』を並列化させ、大量の魔法を同時発動できるというわけだ。
その直後——ドラゴンが口を開いた。

『魔法転送——対魔法結界！』

ドラゴンが口から炎を吐くと同時に、俺は近くのスライムたちに、一斉に『対魔法結界』を転送した。

数百枚にも及ぶ『対魔法結界』が、俺たちを守るように展開される。

敵の力が分からない以上、まずは攻撃の威力を確認しておいた。

もし結界がもたないようであれば、『絶界隔離《ぜっかいかくり》の封殺陣《ふうさつじん》』を発動することになるが……あれは魔力消費量が多いので、あまり使いたくないな。

そう考えていたのだが……異変は、炎が結界に当たるよりも先に起こった。

ドラゴンの口から放たれた炎は、初めのうち赤かったのだが……俺たちに向かう途中で、黒く染まり始めたのだ。

これは……ただの炎ではなさそうだ。

そして黒い炎は結界を溶かすようにして、何百枚も重なった『対魔法結界』に食い込み始める。

今までのドラゴンのように派手に結界を砕くような感じではないが……重なった結界を侵食する速度は、むしろ今までのドラゴンの炎より速いような気がする。

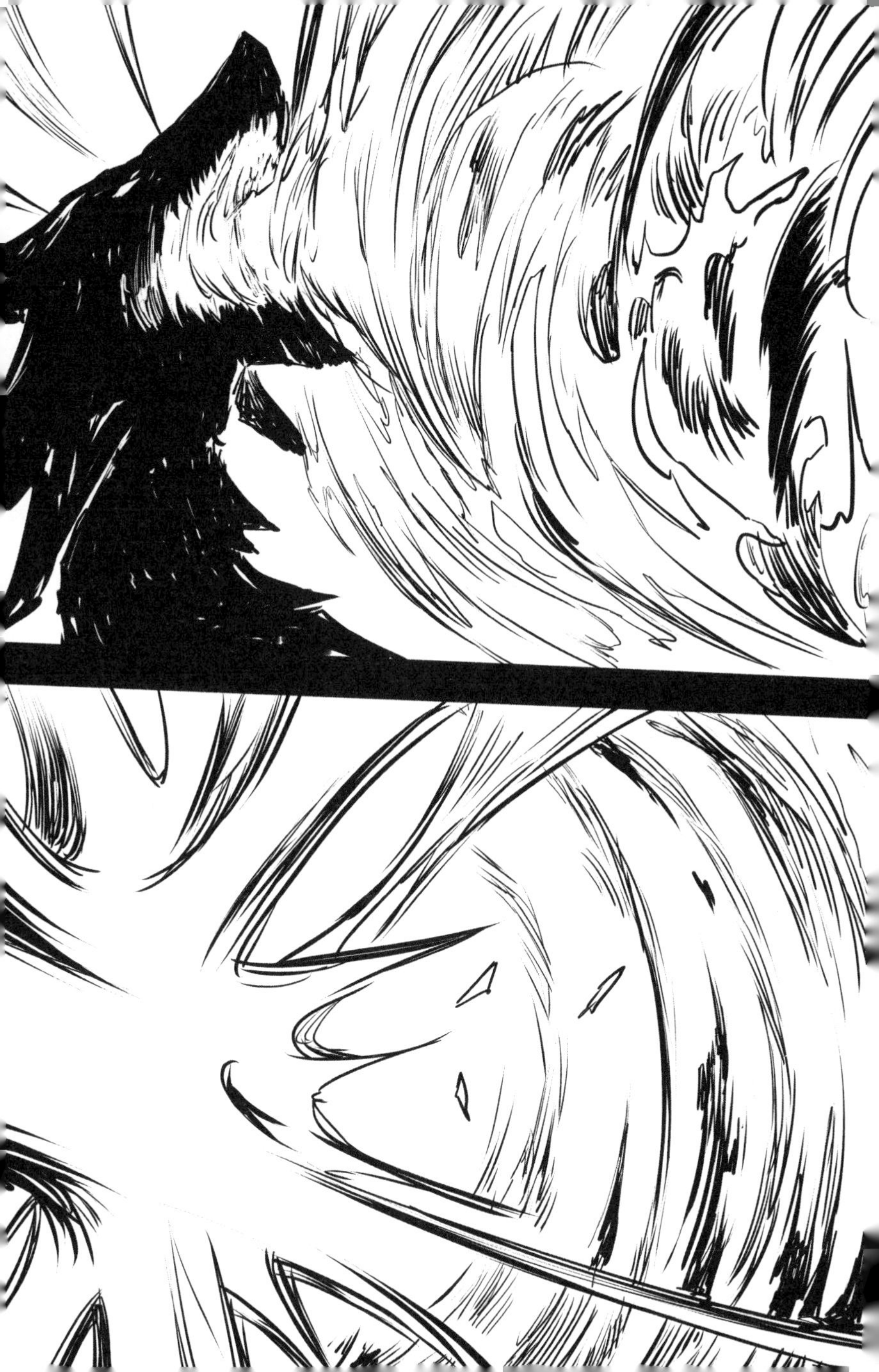

これは、『対魔法結界』をあと何千枚足したところで、あまり意味はなさそうだな。

『魔法転送——解呪・極！』


結界魔法を諦《あきら》めた俺は、解呪魔法を発動した。

あの炎が呪いだという保証はないが、今まで『研究機関』が使ってきた手を考えると、呪いである可能性も高い。

『研究所』に残っていた試料を見る限り、研究機関が使っていた『試料』自体が呪いと相性のいい材料のようだしな。


何百匹ものスライムたちが発動した解呪魔法が、結界に食い込もうとする炎に当たる。

すると……黒い炎は、押し返されるようにして勢いを減らした。

この炎は、やはり呪いだったようだ。


しかし、数百もの『解呪・極』が当たっても、炎はまた残っていた。

結界を侵食するペースこそ下がったが、このままだと俺たちがいる場所まで届いてしまうな。

『魔法転送――解呪・極！』

俺は再度、『解呪・極』を発動する。

すると……ようやく黒い炎が消滅した。

どうやら解呪魔法自体は効果があるようだが、最初に転送した数だけでは不十分だったようだ。

今までの戦いで、とりあえずこのドラゴンが『黒き破滅の竜』などといった、正統派の真竜ではなさそうだということが分かった。

真竜の炎は、こんな呪いなどではなく、ただの極めて強力な炎魔法のようなものだ。

『破空の神雷』も、ちゃんとした真竜なら、そこまで大きなダメージにはならなかったはずだ。

少なくとも、翼を丸ごと破壊されるようなことはなかっただろう。

再生したとはいえ、真竜にしては脆《もろ》すぎる。

そのあたりを考えると、やはりこの人造真竜も、レリオールの時の人造真竜と同系統だと考えていいのかもしれないな。

『黒き破滅の竜』ではなく、『黒き呪いの竜』といったところだろうか。

そもそも、世界を1匹で滅ぼせるドラゴンなのだったら、攻撃範囲もこんなものでは済まないはずだ。

せめて1回で半径数キロくらいは焼き尽くせなければ、世界を全部滅ぼすのにいくら時間がかかるか分かったものではない。

そういう意味でも、このドラゴンが『黒き破滅の竜』である可能性は、限りなく低いと言っていいだろう。

とりあえず敵の攻撃を防ぐ方法は分かったが、いくら魔力消費がそう多くない『解呪・極』といえど、何百発も打たされればそれなりに魔力は減る。

やはり攻撃に出て、勝負をつける必要があるだろう。

しかし、魔法攻撃を受けても再生する敵を、どう倒せばいいかが問題だ。

考えられる手はあまり多くないが……とりあえず、一番分かりやすい方法からやってみるか。

『エンシェント・ライノ、スライムを全て連れて、敵から離れてくれ』

『了解した！』

そう言ってエンシェント・ライノが、凄《すさ》まじい速さでスライムたちを回収し始める。
その様子を見ながら俺はスラバードと、スラバードに摑まれたスライムに声をかける。

『スラバード、敵の真上で、できる限り高度を上げてくれ』

『わ……分かった〜！』

今の言葉で、スラバードは俺がやろうとしていることを察したのだろう。
スラバードは大慌てで、上へと羽ばたき始める。

『ぼくたち、降りるねー』

『がんばってー！』

スラバードに摑まれていたスライムたちは、次々と分裂して、地面へと落ちていく。

スライムは合体すると少しだけ重くなるので、数が減れば軽量化できるというわけだ。

そしてスラバードの元には、たった1匹……炎属性適性16のスライムだけが残った。

『主よ、回収が完了したぞ！』

散らばっていたスライムと、スラバードから降りたスライムを回収し終わったエンシェント・ライノが、俺たちの元へとやってきた。

スラバードもすでに飛べる限界の高さまで上がったようだ。

『魔法転送——絶界隔離の封殺陣』

俺はスラバードを囲うように、絶界隔離の封殺陣を発動した。

今日使った大規模魔法は、『破空の神雷』と合わせて2回目だ。

魔法を発動する前に、一応ステータスを確認しておくか。

職業：テイマー　賢者

スキル：テイミング　光魔法　闇《やみ》魔法　火魔法　水魔法　土魔法　雷魔法　風魔法　時空魔法　特殊魔法　大魔法　使役魔法　付与魔法　加工魔法　超級戦闘術　術式解析　エトワスの魔法

属性：なし

ＨＰ　17621／17614
ＭＰ　1124000／106615

どうやら、もうＭＰはほとんど残っていないようだ。

まあ、ＭＰはマイナスになってからが本番なので、残っているだけマシというものだろう。

ＨＰはなぜか、最大値から7だけ減っている。

特に何か怪我《けが》をした覚えなどはないのだが……心当たりがあるとすれば、『研究機関』の連中が、呪いになって俺にまとわりついてきたことだろうか。

何の効果もないと思っていたが、実は少しだけ効いていたのかもしれない。

2人分の呪いでHPを1削れた計算なので、35000人くらいで一斉に呪いをかけられたら、危なかった可能性もあるな。

などと考えつつ俺は、魔法を発動する。


『魔法転送――極滅の業火』


魔法を発動すると同時に、ドラゴンがいる場所の空が、白く染まった。

『極滅の業火』は『終焉《しゅうえん》の業火』の下位版みたいなイメージの魔法だが、違いは威力というよりは攻撃範囲なので、敵が1体であれば『極滅の業火』で問題がない。

それに、こんな距離で炎属性適性つきの『終焉の業火』を撃ったりしたら、自分たちが危ないしな。


俺がこの戦術をとった理由は、極めて簡単なものだ。

『破空の神雷』で翼を破壊した時、人造真竜の翼はすぐに再生した。

しかし、それはあくまで体の一部の話だ。

『極滅の業火』の攻撃範囲であれば、翼だけではなく全身を破壊することができる。

その上、もし体が液体に変わったとしても、爆発によって液体は広範囲に吹き飛ばされてしまうだろう。

人造真竜の再生能力は、何百メートル……下手をすれば何キロという範囲に散らばった状態からでも再生可能なものなのかどうか。

もしそうでないとしたら、これで終わりだ。

『魔法転送――断熱結界』

『魔法転送――対物理結界』

俺は魔法の余波に備えて、防御魔法を展開する。

その直後、魔法による衝撃波と熱が結界に当たって轟音を立てた。

……『終焉の業火』ではなく『極滅の業火』にしておいてよかったな。

『極滅の業火』ですらこれなのだから、もし『終焉の業火』を使っていたら、自分たちを守るのにも『絶界隔離の封殺陣』を使う必要があるところだった。

まあ、よかったかどうかは、敵が倒せたかどうか次第なのだが。


「やったか……？」


炎が晴れた時、そこに人造真竜の姿はなかった。

魔物召喚の時にあったような、黒い液体も見当たらない。

やはり人造真竜は、本物の真竜ほど頑丈ではないようだ。

などと考えつつ俺は『絶界隔離の封殺陣』を解除し、スラバードを守る結界を『断熱結界』に切り替えた。

炎属性適性つきの『極滅の業火』は余波でしばらく周囲が過熱してしまうので、スラバードが安全に戻ってこれるようになるまで時間がかかるのだ。

◇

それから30分後。

ようやく空気がまともな温度になったので、スラバードが高度を落とし始めた。

『やっと降りてこれた～』

そう言ってスラバードが、高度を落としてくる。

その途中で……スラバードが、怪訝な声を上げた。

『なんか……黒いのがある～』

俺はその言葉を聞いて、すぐさま『感覚共有』を発動した。

スライムの言う通り……地面付近の空気が、半径数百メートルにわたって、微妙に黒っぽいような気がする。

……なんだか嫌な予感がするな。

『魔法転送――解呪・極』

見た目から判断すると、あの黒いもやは呪いの仲間のような気がする。

というわけで俺はスラバードに、解呪魔法を転送してみた。

今の高さなら、ギリギリ射程圏内のはずだ。


スラバードから放たれた解呪魔法は、白く尾を引きながら飛んでいき……途中で消滅した。

だが、射程が足りなかった時の消え方とは、少し違ったような気がする。

なんというか、壁にでも衝突したような、急な消え方だ。


『魔法転送——解呪・極』


今度は、違う向きに『解呪・極』を放ってみた。

すると……解呪魔法は先程よりも長い距離を飛び、少しずつ空気に溶けるようにして消えていった。

先程の消え方とは、明らかに様子が違う。

やはり、先程の『解呪・極』が消えたのは、呪いに当たったからのようだ。

つまり……あれは呪いは呪いでも、解呪魔法が当たる呪いではあるようだ。

ドラゴンが召喚される前の液体が相手だと、解呪魔法は消えもせずただ素通りするだけだったので、それとはまた違うということだな。

『魔法転送——解呪・極』

もう一度、黒っぽいもやに向けて解呪魔法を使ってみると……解呪魔法が消えると同時に、周囲のもやがわずかに薄くなっているような感じがあった。

やはり解呪魔法はただ消えているというわけではなく、ちゃんと周囲の呪いを道連れにしているようだ。

最初に魔法がただ消えたように見えてしまったのは、もやがあまりに広範囲を覆《おお》っているのと、薄くて輪郭が分かりにくいせいで、もやが減ったのに気付けなかっただけだろう。

『スラバード、黒っぽいところを避けて帰ってきてくれ！』

『わかったー！』

俺はスラバードが帰ってくるのを見ながら、黒いもやを観察する。

それは段々と狭い範囲に集まり、濃くなっているように見えた。

今までこれの存在に気付けなかったのは、薄すぎて見えなかったせいかもしれない。

『エンシェント・ライノ、聖属性適性の高いスライムを乗せて、解呪魔法の射程まで近付けるか？』

『任せてくれ、主よ』

そう行ってエンシェント・ライノは、黒いもやに近付く。

プラウド・ウルフではなくエンシェント・ライノを行かせたのは、何かあった時の逃げ足が速いからだ。

『このあたりで届くか？』

『ああ。届きそうだ』

俺は『感覚共有』を使って、エンシェント・ライノが射程に入ったのを確認する。

このくらいの距離なら、『解呪・極』は余裕を持って届くだろう。

『スライム、エンシェント・ライノの背中から降りずに分裂してくれ』

『『わかったー！』』

そう言ってスライムたちが、エンシェント・ライノの背中の上で積み重なるようにして分裂した。

かなり高く積み重なっていて、今にも崩れそうに見えるが……その割に、意外と安定しているようだ。

などと考えつつ俺は、魔法を発動する。

『魔法転送――解呪・極』

俺が魔法転送を発動すると、数百発もの解呪魔法が放たれた。

先程は1発だけだったので威力不足が目立ったが、この数なら分かりやすく効果が見込めると考えたのだ。

数百発もの解呪魔法がもやへと飛んでいき、次々に着弾する。

すると……もやがほんの少しだけ減ったような気がする。

体感で、10センチくらい押し込めただろうか。


『魔法転送──解呪・極』


もう一度解呪魔法を発動すると、また10センチほど黒いもやが減った。

これを永遠に繰り返せば、黒いもやを削り切れそうだが……問題は、永遠には魔力がもたないことだ。

先程までの魔法発動で、俺の魔力はすでにマイナスになっている。

まだマイナス量が少ないためＨＰはほとんど減っていないが、いくらでも魔法を撃てるというほどではないのは確かだ。

そして……仮に俺の魔力が完全だったとしても、あれを削り切るのは厳しい。

こんなに広範囲に広がったもやを10センチずつちまちま削ったら、一体何発必要になるか分かったものではない。

一度で削り切れる体積が10センチ四方、つまり1リットルほどだとして……風呂《ふろ》一杯分のもやを消し去るだけで、２００回も『解呪・極』の一斉発動が必要になる計算だ。

半径数百メートルにも及ぶ広範囲を削り切るなど、夢のまた夢と言っていい。

『一旦《いったん》戻ってきてくれ。これを削り切るのは無理みたいだ』

『了解した！』

エンシェント・ライノは、そう言って戻ってきた。

……あれを消すには解呪魔法が有効だということは分かったが、『解呪・極』では効果が薄すぎるな。

あれでは、火球を連発して真竜を倒そうとするようなものだ。

せめて『極滅の業火』くらいの魔法がないと、流石に無謀というものだろう。

救いがあるとすれば、今のところあの呪いのもやが、何の効果も発揮していないところだ。

一箇所に集めるような動きはあるが、集まった後にどうなるかまでは分からない。

ただ呪いが呪いのままこの場にとどまっていてくれるなら、それこそ放置してもいいくらいだ。

しかし……液体になって再生するドラゴンを倒した後に出たもやが集まろうとしているのを見て、何も起きないと考えるのは、無理というものだろう。

この後に起こることは、なんとなく予想がつく。

集まったもやはあの液体に戻り、また『黒き呪いの竜』が復活するというわけだ。


呪いが集まるのを邪魔するのは、恐らくそう難しくない。

それこそ何度でも、『極滅の業火』を撃ち込めばいいだけだ。


だが、それでは時間稼ぎにしかならない。

液体の姿さえなくなり、ただのもやになるほどまで徹底的に破壊しても復活するのであれば、何度やっても結果は同じだろう。

人造真竜の姿を破壊するのではなく、人造真竜を構成する呪いそのものを消滅させる……つまり解呪魔法でなければ、根本的に敵を倒すことはできないはずだ。


『スライム、本は読み終わったか？』

『もうちょっとー！』

どうやらスライムたちは、もう少しで『研究所』の本を読み終わるようだ。
俺はそれを待ちつつ、呪い対策や神聖な感じの名前の魔法を探していく。
そんな中……黒いもやが、急激に集まり始めた。

『ぜんぶ、読んだよー！』

『おわったー！』

そう返事をしたのは、『研究所』に残って魔導書を読んでいたスライムたちだ。
どうやら『研究所』にあった魔導書は、全《すべ》て読み終わったようだ。

俺はステータスから、習得した魔法のリストを確認する。
俺がほしいのは、『解呪・極』を超える、高威力の解呪魔法だ。
できれば『終焉の業火』や『破空の神雷』と同クラスの魔法がほしいところだな。

『清浄結界』『耐呪結界』『特殊解呪・滅』『消呪の聖火』『神域の聖火』あたりが、それっぽい名前の魔法だな。

結界系の魔法は呪いを消すというより防御するイメージなので、『特殊解呪・滅』『神域の聖火』『消呪の聖火』の3つが有力候補になりそうだな。

もしかしたら『清浄結界』も、内部の呪いを消すような感じかもしれない。

すでに残り魔力はマイナスなので、あまりにも魔力消費が多い魔法だと自滅になる可能性がある。

できれば魔力が万全の時に、試し打ちをしてみたいところだが……そうも言っていられないか。

そう考えて、もやのほうに視線を移すと……そこには、黒いドラゴンがいた。

どうやら、もう人造真竜は元の姿を取り戻してしまったようだ。

もう少しゆっくり復活してくれればよかったのだが……そうもいかないようだな。

しかし、あのドラゴンに対する攻撃手段は分かった。

解呪魔法で消せるもやが集まってドラゴンになったのだから、解呪魔法で倒せるはずだ。

問題は、生半可な解呪魔法ではどうにもならなそうなことだな。
もやの状態に比べればだいぶ小さくなったとはいえ、呪いの総量としては減っていないはずなので、『解呪・極』で倒そうとすれば非現実的なまでの数が必要になる。
現実的に倒せるかどうかは、新しい魔法の性能次第というわけだ。

『復活したー⁉』

『なんか、怒ってるー！』

突然の復活にスライムたちが驚きの声を上げる中、ドラゴンが口を開いた。
呪いの炎を吐いた時と同じ動きだ。

先程は『対魔法結界』で時間を稼ぎ、『解呪・極』で呪いを消したが……今は『対魔法結界』より、呪いへの対処に向いていそうな結界がある。
使ってみるか。

『魔法転送――耐呪結界！』

俺はスライムたちに転送して、１００枚ほど展開した。
魔力消費は『対魔法結界』と同じで、攻撃魔法に比べれば微々たるものだな。
問題は、これがどのくらい耐えてくれるかだが……。

『止まってるー！』

『なんか、いいかんじー！』

相手が真竜の吐いたものというだけあって、流石に結界も無傷とはいかない。
結界は次々に侵食され、破られていっている。

しかし、『対魔法結界』に比べると、その耐久性は明らかだ。
これなら、余裕を持って解呪できそうだな。

この黒い炎であれば、『解呪・極』でも解除することができる。

だが、新しい魔法の中で使えそうなものを試してみたいところだ。

使い慣れた魔法と名前が似ていて、そんなに魔力消費が多そうではない魔法があるからな。


『魔法転送──特殊解呪・滅』


俺は聖属性適性の高いスライム1匹に、新しい魔法を転送してみた。

すると……普段の『解呪・極』を金色にした感じの魔法が、黒い炎に向かって飛んでいく。

しかし『特殊解呪・滅』は、黒い炎に触れるなり、あっさり消えてしまった。


「これ、普通の『解呪・極』より弱くないか……？」


俺は自分のステータスを確認しながら、そう呟《つぶや》く。

今の魔法の魔力消費量は、『解呪・極』に比べて10倍くらいだ。

それでいて、効果は『解呪・極』より弱い。

特殊解呪という名前だけあって、普通の解呪にはあまり向かない魔法のようだ。

もしかしたら、通常の解呪では効果がないような呪いに効果を発揮する魔法なのかもしれない。

もう少し早く見つかっていたら、魔物が進化している途中の黒い液体に撃ち込んでみたところなのだが……あの時点ではまだ『研究機関』の人間が残っていたので、侵入がバレればスライムが危険に陥《おちい》る可能性があった。
今のタイミングになってしまったのは、仕方がないところだろう。

『魔法転送――解呪・極、魔法転送――解呪・極』

俺はとりあえず、解呪魔法の一斉転送を2回発動して、黒い炎を消した。

新たに見つけた魔法の中には、解呪に使えそうな魔法がまだ2つ残っている。
しかし、『消呪の聖火』『神域の聖火』は、名前からして『極滅の業火』などと同クラスの魔法という感じがする。
だとすれば魔力消費も多いはずなので、『解呪・極』でも消せる炎を相手に使うのはもったいないと判断したわけだ。

この強そうな魔法たちは、敵に直接撃ち込みたい。

射程が分からないので試し打ちしたいところだが、魔力を無駄遣いしていられる状況でもないので、ぶっつけ本番といこう。

『エンシェント・ライノ、聖属性適性のスライムを連れて、あのドラゴンに近付けるか？』

『任せてくれ、主よ！』

そう言ってエンシェント・ライノが、猛然と敵に向かって走っていく。
そんなエンシェント・ライノに向かって、ドラゴンが口を開く。
また呪いの炎を吹こうとしているのだろう。

人間に作られたドラゴンというだけあって、狙うべき対象の判断は人間と似ているな。
天然の真竜は人間を気にしなかったり、無差別な攻撃をするようなタイプが多かったのだが……このドラゴンは、危険なものとそうでないものを見分けているような気がする。
もしかしたら、人間やそれを材料にした『試料』で作られているのも関係しているのかもしれない。

『分裂してくれ！』

『『『わかったー！』』』

俺の指示で、スライムたちがエンシェント・ライノの背中に乗ったまま分裂する。
振り落とされたりすると危ないので、分裂後の数は10匹ほどだが……先程の『耐呪結界』が耐えた時間を考えれば、結界は10枚あれば問題ないだろう。
それどころか、新しい魔法をテストする時間すらあるはずだ。

『魔法転送――耐呪結界』

俺はエンシェント・ライノを守るように、結界魔法を展開する。
エンシェント・ライノは、結界から出ないように立ち止まった。

今の距離なら、敵にも『解呪・極』が届く気がする。
解呪魔法のテストに、敵を巻き込んでしまうか。
そのほうが効率がよさそうだし。

『魔法転送――『消呪の聖火』』

俺が選んだのは、2つある魔法のうち、魔力消費が少なそうなほう……『消呪の聖火』だ。
予想だと、『極滅の業火』と同等の分類の解呪魔法なのだが、そうだろうか。

俺が魔法を転送すると……スライムから白っぽい炎が吹き出した。
炎は、敵が吐いた黒い炎に向かって飛ぶにつれて……段々と、白い光のようなものに変わっていった。
そして、黒い炎を吹き飛ばすようにして、光がドラゴンに迫っていく。

『おぉー!』

『つよいー!』

同時転送でもないにもかかわらず、この威力……。
やはりこの解呪魔法は、かなり強力なもののようだ。

そして光がドラゴンに当たると、ドラゴンの体の表面が数センチ、1センチほどけるように削り取られた。

『破空の神雷』と比べると、ダメージとしては小さそうだが……黒い液体が出ないのだ。

つまり、この魔法で与えた傷は、再生しないということだろう。


「ギョアアアアァァ！」


黒き呪いの竜が、叫び声を上げた。

苦しんでいるというよりは、怒っているという感じだな。

傷としてはそこまで深くないので、苦しむというほどではないのだろう。

などと考えながら、俺は自分のステータスを確認する。

体調は特に悪くないので、魔力のマイナスはあまり多くないと思うが……初めての魔法を使ったので、一応確認しておいたほうがいいだろう。

職業：テイマー 賢者

スキル：テイミング 光魔法 闇魔法 火魔法 水魔法 土魔法 雷魔法 風魔法 時空魔法 特殊魔法 大魔法 使役魔法 付与魔法 加工魔法 超級戦闘術　術式解析 エトワスの魔法

属性：なし

ＨＰ １６９１３／１７２５１

ＭＰ １１２４０００／-１２１０００

やはりＭＰはマイナスになっているが、ＨＰはほとんど減っていないな。
『消呪の聖火』も、そこまで魔力消費は多くないようだ。
体感的には『極滅の業火』と似たような感じだな。

『魔法転送――消呪の聖火』

先程『黒き呪いの竜』に当たったものは黒い炎を消した残りだったので、今度は純粋な攻撃として『消呪の聖火』を発動してみる。

狙いは、竜の頭部だ。

頭を壊せば、先程の炎は放てなくなるような気がするしな。

すると、先程と同様、炎が光になって、黒き呪いの竜へと向かっていく。

光が当たる直前、ドラゴンは翼で顔をかばうようにして、頭を守った。

「ギエアアアアァァァァァァ！」

今度は少し痛そうな声だな。

しかし、ドラゴンの体の大きさに対してこのくらいのダメージだと、真竜の体を全て消滅させるのには、やはりものすごい数の魔法が必要になりそうだ。

まあ、人造とはいえ『真竜』と呼べるようなものなのだから、ケシスの短剣も使わずに『極滅の業火』と同等の魔法を撃ち込んだくらいで消しされるほど甘くはないのだろう。

光がドラゴンの翼に当たり、翼が溶けていく。

翼は他の部分に比べて薄いだけあって、魔法の効きがいいみたいだ。

これなら……翼ごと壊せそうだな。


『魔法転送――消呪の聖火』


俺は分裂したスライムのうち10匹に、『消呪の聖火』を転送した。

放たれた炎は一体化し、光となって『黒き呪いの竜』を襲う。

そして……光は翼を溶かし尽くし……その陰に隠れていた、頭まで届いた。


少しだけ頭が痛くなってきた。

今のMPはマイナス50万ほど……HPは最大値から1割ほど減っている。

『極滅の業火』と同等の魔法を10発も同時に撃てば、この程度の反動があるのは仕方がないだろう。


「ゴガガガガガガガ……」

黒き呪いの竜の叫びは、声にならなかった。

喉《のど》まで溶けてしまったので、声を出すこともできないのだろう。

……普通の生物なら、頭部を失っては生命の維持すらできないはずだ。

しかし黒き呪いの竜は、まるで頭がなくなったことを気にする様子もなく立ち上がる。

だが、頭が再生する様子はないな。

これでもう炎を吹けないのだとしたら、このドラゴンは単なる呪いの塊でしかない。

後はゆっくり何日かかけて、魔力の回復を待ちながら『消呪の聖火』を撃てばいいだけだ。

などと考えていると……黒き呪いの竜の体が、黒い液体になって溶け始めた。

液体は全て地面に流れ落ち、黒い水たまりになった。

「……再生しない……？」

俺がそう呟いた次の瞬間……水たまりの中心部が盛り上がった。

黒い液体は、先程と同じ形の……しかし、先程よりわずかに小さいドラゴンを形作っていく。

そして、たった数秒で、先程と同じ形のドラゴンが完成した。

どうやら『黒き呪いの竜』は、ダメージが大きい場合には体全体を作り直すということのようだ。

頭だけを潰《つぶ》して炎を封じることはできないらしい。

などと考えていると、黒き呪いの竜が、俺に向かって火を吹いた。

エンシェント・ライノではなく俺を狙ったのは、あまり近くにいる敵に火を吹くと、解呪の余波で自分までダメージを食らってしまうからだろうか。


『魔法転送——消呪の聖火』


俺は敵が放った炎を消しながら、この竜の倒し方について考える。

一応先程は再生したとはいえ、解呪で消えた分が元に戻るわけではなく、少し小さくなって再生しただけだ。

このまま、体が維持できなくなるくらいまで解呪で小さくするか、完全に消滅するまで解呪魔法を撃ち込めば、倒せるだろう。

しかし、やはり魔力不足だ。

先程の『消呪の聖火』の同時転送で消せたのは、多く見積もっても敵の体の5％といったところだろう。

あれを繰り返せば、敵が消えるよりも先に俺のＨＰが尽きてしまう。

「やっぱり、こっちを使うしかないか……」

俺はそう呟いて、『神域の聖火』と書かれた文字を見る。

これはまず間違いなく、『消呪の聖火』の上位版だろう。

基本的に、上位の魔法であればあるほど、威力に対する魔力の効率はいい。

火球を連発して極滅の業火の威力を再現するには膨大な魔力が必要だし、極滅の業火を10発撃っても、終焉の業火のような攻撃範囲を燃やし尽くすことはできないのだ。

しかし、こういった高位魔法には、消費魔力量を読めないという問題がある。

『破空の神雷』は『終焉の業火』と同等の魔法と見せかけて、実は消費魔力が2倍近いのだ。

『絶界隔離の封殺陣』も、『破空の神雷』と同じくらいだな。

今までの経験だと、魔力が0になった状態から、『終焉の業火』3発分くらいまでは大丈夫な印象だ。

MPマイナス50万というと、『終焉の業火』1発分前後なので……恐らく、あと2発分くらいまでは問題ないだろう。

そこから先はまだ未経験なので、どうなるか分からないところだ。

つまり、『神域の聖火』の魔力消費が『破空の神雷』や『絶界隔離の封殺陣』と同じくらいなら問題ないのだが、それより多い場合……まずいことになりそうだ。

だから俺は今まで、魔力消費量が把握できた『消呪の聖火』だけで戦おうとしていたというわけだ。

だが、今の状況だとそうも言っていられない。

これ以上魔力を消費してしまうと、『破空の神雷』と同等の魔法すら安全に使うことはできなくなる。

今であれば、あのくらいの魔力消費の魔法は問題なく使えるはずなのだ。

『プラウド・ウルフ、乗せてくれ』

『了解ッス！』

俺はプラウド・ウルフに乗り、魔法転送の準備をする。

その前に、言っておくべきことがあるな。

『プラウド・ウルフ、もし俺に何かあったら、俺とスライムを連れて逃げるか、安全なところに隠れてくれ』

『りょ……了解ッス！』

逃げる、隠れる。

この2つの任務に関して、プラウド・ウルフの右に出る者はいないだろう。

いつも指示を出す前から、まるで気配を感じさせないレベルで隠れているからな。

まあ、この魔法の消費魔力が他の魔法と同じレベルなら、今の発言は必要なかったことになる。

俺が使ったことがある魔法の中で一番消費魔力が多いのは『絶界隔離の封殺陣』だが、あのくらいなら今の魔力でも大丈夫だからな。

今回も、その消費魔力の記録が更新されないことを祈っておこう。


などと考えていると……『黒き呪いの竜』が、俺たちに向かって火を吹いた。

どうやら、のんびり考えている時間はないようだ。


『魔法転送――神域の聖火』


俺が魔法を転送すると……転送先のスライムから、凄まじい光が放たれた。

それと同時に、意識が遠ざかっていく。

ＭＰのマイナス値が急激に下がっていくのを見ながら、俺はゆっくりとプラウド・ウルフの背中に倒れ込んだ。

あとがき

進行諸島《しんこうしょとう》です。

はじめましての人ははじめまして。前巻や他シリーズ、そしてアニメからの方はこんにちは。

このシリーズももう14巻になりましたが、アニメ等からいらっしゃった方もいるかもしれません。

最近はありがたいことに、テレビ放送終了後でも配信サービスで一気見のような形で楽しんでいただけるケースも多いみたいです。

ということで、本シリーズについて軽く説明させていただきます。

前巻までやアニメ、漫画などをご覧になった方はすでにお分かりの通り、本シリーズの軸は主人公無双《むそう》です。

主人公のユージが、スライムを始めとする魔物達とともに、圧倒的な力で無双します！

その軸はこの14巻に至るまで、1ミリたりともずれておりません！

そして、今後もずれる予定はありません！


ちなみにアニメ版では一部オリジナル展開があったので、レッサーファイアドラゴンの件くらいまでが原作ベースです。

飛ばしている部分があったり、時系列がちょっと変わっていたりするので単純に何巻までとは言いにくいのですが、小説版でいうと4～5巻あたり、漫画でいうと5～7巻あたりまでがアニメの範囲みたいです。

具体的にどう違うのかは……ぜひ本編を読んでお確かめ頂ければと思います！


さて、そろそろ謝辞《しゃじ》に入ろうと思います。

毎週押し寄せる監修物の中、あらゆる面でサポートを頂いた担当編集の皆様。

素晴《すば》らしい挿絵《さしえ》に加え、メディアミックス関連のイラストなどを描いてくださった風花風花《かざばなふうか》様。

それ以外の立場から、この本に関わってくださっている全《すべ》ての方々。

そしてこの本を手にとって下さっている、読者の皆様。

この本を出すことができるのは、皆様のおかげです。ありがとうございます。

15巻も、今まで以上に面白いものをお送りすべく鋭意《えいい》製作中ですので、楽しみにお待ち下さい！

最後に宣伝《せんでん》です。

この本と同時に、本シリーズのコミック版21巻が発売になります！

興味を持っていただいた方は、ぜひそちらもよろしくお願いいたします！

では、次巻や他シリーズ、コミック版などでまた皆様とお会いできることを祈りつつ、あとがきとさせていただきます。

進行諸島

GAノベル

転生賢者の異世界ライフ 14
～第二の職業を得て、世界最強になりました～

2023年8月31日　初版第一刷発行

著者　進行諸島
発行人　小川 淳
発行所　SBクリエイティブ株式会社
〒106-0032　東京都港区六本木2-4-5
03-5549-1201　03-5549-1167（編集）

装丁　AFTERGLOW
印刷・製本　中央精版印刷株式会社

ISBN978-4-8156-2118-6
Printed in Japan

ファンレター、作品のご感想をお待ちしております。
〒106-0032　東京都港区六本木 2-4-5
SBクリエイティブ株式会社
GA文庫編集部 気付

「進行諸島先生」係
「風花風花先生」係

本書に関するご意見・ご感想は
下のQRコードよりお寄せください。
※アクセスの際に発生する通信費等はご負担ください。

https://ga.sbcr.jp/

異世界転生×賢者
「失格紋の最強賢者」ペアが贈る、
もう一つの異世界最強譚
＝無双!?

マンガUP!
にて
大好評連載中
!!!
転生賢者の異世界ライフ
~第二の職業を得て、世界最強になりました~
原作 進《しん》行《こう》諸《しょ》島《とう》(GAノベル/SBクリエイティブ刊)
漫画 彭《ポン》傑《ジェー》(Friendly Land)
キャラクター原案 風《かざ》花《ばな》風《ふう》花《か》
©Shinkoshoto / SB Creative Corp.

最強のさらにその先を目指す、
戦う魔法使いの物語！
殲滅魔導の最強賢者
無才の賢者、魔導を極め最強へ至る
進行諸島先生×
風花風花先生の
大ヒットファンタジーを
原作：進行諸島（GA ノベル／SB クリエイティブ刊）
キャラクター原案：風花風花
漫画：月澪＆彭傑（Friendly Land）
(c) Shinkoshoto / SB Creative Corp.Original Character Designs: (c) Huuka Kazabana / SB Creative Corp.

コミカライズ！
マンガUP!にて
大好評連載中！
最強を目指す、
戦う魔法使いの物語！
失格紋の最強賢者
〜世界最強の賢者が更に強くなるために転生しました〜
原作：進行諸島（GAノベル／SBクリエイティブ刊）
キャラクター原案：風花風花
漫画：肝匠＆馮昊（Friendly Land）

S級冒険者が歩む道～パーティーを追放された少年は真の能力『武器マスター』に覚醒し、やがて世界最強へ至る～

著：さとう　画：ひたきゆう

GA文庫

洗礼にて『武器《ウエポン》マスター』という詳細不明の能力を手にしたハイセ。

幼馴染のサーシャと冒険者になるも、能力が扱えずに足手まといだとパーティーから追放されてしまう。さらに罠に嵌《は》められ、死の淵に立たされたハイセだったが――そこで自身の能力の真価に気づく。それは異世界の武器を喚び出すという世界の理《ことわり》をも揺るがす能力で!?

もう二度と裏切られることがないよう数々の魔物を単独で撃破し、ソロでは異例のS級冒険者に上りつめたハイセ。さらなる高みを求め、前人未到の迷宮へ挑むことを決意し――

仲間なんて必要ない。逆境から始まる異世界無双ファンタジー！

試読版は
こちら!

第16回 GA文庫大賞
GA文庫では10代～20代のライトノベル読者に向けた
魅力溢れるエンターテインメント作品を募集します！
物語が、華ひらく。
イラスト／風花風花
大賞賞金300万円＋コミカライズ確約！
◆募集内容◆
広義のエンターテインメント小説（ファンタジー、ラブコメ、学園など）で、日本語で書かれた未発表のオリジナル作品を募集します。希望者全員に評価シートを送付します。
※入賞作は当社にて刊行いたします　詳しくは募集要項をご確認下さい
リニューアルで選考課程を一新!!!
応募の詳細はGA文庫公式ホームページにて
https://ga.sbcr.jp/